JN168546

敏腕社長はベタがお好き

Syuri & Ren

嘉月葵

Aoi Kaduki

EB

エタニティ文庫

目次

敏腕社長はベタがお好き

第一話

「朱里《しゅり》さん、少し休憩しませんか？」

昼休みを終えてから数時間、一心不乱にパソコンのキーボードを打ち続けていた高城《たかしろ》朱里は、突然聞こえてきた小鳥のさえずりのような可愛らしい声に、ぴたりとその手を止めた。

顔を上げれば、デスク越しに微笑みかけてくる総務のさやかの姿が目に入る。

男性が八割以上を占める職場で、小動物のような彼女は、朱里にとって数少ない癒《いや》しの一つだ。

そんな彼女の笑顔に、朱里の眉間《みけん》に長いこと居座っていた皺《しわ》が消失する。

そして考えるまでもなく、誘いにうなずき返した。

「よかった。これ、朱里さんと一緒に食べようと思って買ってきたんです」

「!!　さやかちゃん、それって……」

さやかが手に持っているトレイを覗き込み、朱里はごくりと喉を鳴らした。

同時に、先程まで暗雲の立ち込めていた視界が一気に晴れ渡る。

朱里が〝それ〟と言ったのは、会社の最寄り駅から二つ先の駅にある有名洋菓子店のかぼちゃプリンのことだ。そしてそれは朱里にとって、「大」が十個くらい付くほどの好物だった。

「今日は午前中に外出の予定が入っていたので、ランチのついでに買ってきたんです。前に好きだって言っていましたよね？」

「うん、ありがと～。めっちゃ嬉しいよぉ」

感激の声を上げ、朱里は飛び跳ねたくなる衝動を抑えて立ち上がると、部屋の隅からこちらを見ていた人物へと向き直った。

「私たちは休憩に入るけど、西野《にしの》はどうする？」

声を掛けられるとは思ってもみなかったのか、西野と呼ばれた男は、その問いかけにびくっと大きく肩を揺らして立ち上がった。

彼は唯一、朱里が入社当初から仕事を教え込んできた後輩だ。

人はいいが、この上なくおっちょこちょいな西野を、朱里は三年間根気強く指導し続けた。

その結果、ようやく一人前に成長した彼は、今や朱里を師として仰いでいた。

そんな尊敬する朱里の問いかけに、西野は敬礼でもしそうな勢いで声を張った。

「はい、どこまでもお供いたします！」

たかが一緒に休憩を取るくらいで、そんなに張り切らなくても……

恥ずかしい後輩だと朱里が呆《あき》れている間に、西野は瞬《また》く間にさやかの手からトレイを奪い取り、休憩室へと突き進んで行った。

そのあまりの勢いに目を丸くした朱里とさやかは、顔を見合わせると同時に、揃ってぷっと噴き出す。

そして目尻にうっすらと浮かぶ涙を指で弾きながら、彼の後を追って休憩室へと向かった。

「ん〜、さいこぉ」

休憩室のソファに座るや否や、朱里はかぼちゃプリンを手に取った。次いでほくほく顔でそれを頬張ると、顔中の筋肉をこれでもかというほど緩ませた。

先程まで鬼神さながらの形相《ぎょうそう》で仕事に打ち込んでいた朱里が、一転して無邪気な笑みを浮かべている。その様子を、向かいのソファに座ったさやかは聖母のような微笑みで見守っていた。

一方、さやかの隣に座る西野はぽかんと口を開けたまま、まじまじと朱里の顔を見つめた。

「何よ、人の顔をジロジロ見て。西野、あんた私に喧嘩を売るつもり？」

それなら倍返しにしてやる、と言わんばかりに睨みつける。すると西野は途端に視線を外し、顔の前で両手をぶんぶんと左右に振って否定した。

「すっ、すみません。別に悪気があって見ていたわけじゃなくて……」

慌てて言い訳する西野を、朱里はふんっと鼻であしらう。そしてすぐに気を取り直し、目の前のプリンに全神経を集中させた。

「ご馳走様でした。おかげで元気が出たわ」

プリンを食べ終えた朱里が満足げに告げると、さやかは嬉しそうに微笑んだ。

「それは良かったです。あのまま仕事を続けていたら、倒れちゃうんじゃないかって心配していたんです」

さやかの言葉に、待ってましたと言わんばかりに西野も口を開く。

「俺たち、本当に朱里さんには感謝しているんです。不在にしている社長の分の仕事を一手に引き受けてくれて……。寝る間も惜しんで働いているって知って、皆心配しています」

「私のは、ただの性分だからね」

西野の気遣いに、朱里は困ったような表情を見せた。

朱里の勤める「加賀ホーム」は、関東で五本の指に入るハウスメーカーだ。

小さな工務店からスタートし、一代で大手のハウスメーカーへと会社を成長させたのは、現社長の加賀義文《かがよしふみ》の手腕によるところが大きい。その成功の裏で、彼は寝る間も惜しんで働き続けてきた。

十代から身体を酷使《こくし》してきた結果、加賀は六十歳という若さで治療困難な病に侵され――

今から一ヶ月ほど前、自宅で出勤の準備をしている最中に倒れてしまった。そしてそのまま病院に緊急搬送《はんそう》され、以来、今もまだ病院のベッドで深い眠りについている。

それからというもの、西野が話す通り、社長秘書という名の社内の何でも屋を務める朱里にとって、寝る暇もない日々が始まったのだ。

「頑張っているのは、皆も一緒でしょう？」

「俺たちは自分の仕事をしているだけです。けど、朱里さんはそれこそ、営業、技術、総務や経理に至るまで、すべての部署と連携を取ってトラブルを回避して。本当にすごいですよ」

自分が仕事に打ち込んできた理由は、社長の加賀に対する尊敬の念が強かったことと、加賀が不在の時でも会社を回すことができるように鍛えられてきたからで、感心されるようなことではない。

そう思いながら、朱里は返答に困って苦笑する。

朱里の両親は典型的な仕事中毒で、飲食店の再建コンサルタントを生業《なりわい》としていた。

母は朱里を出産して三ヶ月後には仕事に復帰し、朱里が物心つく頃にはもう、家に両親がいないのが当たり前になっていた。

数人の家政婦が交代で二十四時間家に常駐していたため、生活面で不便を感じたことは一度もない。

両親とはテレビ電話で毎日顔を合わせていたし、二人の愛情を疑うようなこともなかった。もちろん、自分を不幸だと思ったこともない。

ただ、朱里にとって両親とは頼りたい時に傍にいない存在であり、頼ってはいけない存在だった。

そんな生い立ち故《ゆえ》に、自立心が強くなったのか。高校一年の夏、アメリカ留学を決意して単身で渡米した。

そして大海原《おおうなばら》に出て世の中の厳しさを知ったことで、国内外の仕事で成功を収める両親を尊敬する気持ちが段々と育っていった。

とはいえ、自分が育ったのが普通の家庭ではないという引け目や、孤独感といったものが常に胸の片隅にはあったのだと今になって思う。

加賀ホームに入社してから、加賀や社員らが惜しみなく与えてくれる安らぎや思いやり。そういった温かな思いは、朱里の心に深く浸透していった。

だからこそ、家族同然の皆のために頑張ることに、偉いもすごいもないだろうと思う。

そんな朱里に向けて、西野は苦虫を噛《か》み潰《つぶ》したような表情で続けた。

「それにあの男のせいで、本来なら有り得ないはずのトラブル対応までしなくちゃならなくて」

「確かにあの馬鹿ジュニアはね……」

西野が憎しみを込めてあの男と言ったのは、加賀の一人息子である五十嵐亮《いがらしりょう》のことだ。加賀が倒れたことによって現れた彼のせいで、朱里は会社全盛期の加賀以上の激務を強いられることとなった。

一人息子とはいっても、亮が物心つく前に加賀は離婚しており、彼は妻側に引き取られていた。そして大人になった亮は、顔の作りも性格も頭の中身も、加賀にはまったく似ていなかった。

遺伝子の力でもう少し何とかならなかったのかというのが、朱里を含めた社員らの総意だ。

彼は父親の入院を聞きつけるや否や、自分こそが次期社長だと言わんばかりに突然会社に姿を現したのだ。

専務の黒田《くろだ》に聞いた話によれば、亮は以前にも似たような行動を起こしていたそうだ。

ネームバリューがないに等しい私立大学の建築学科を卒業した直後、会社に現れ、「この会社を継いでやる」と宣言し、温厚で知られる加賀を激怒させたのだという。

これまで父親の責務として金銭的なフォローはしてきたものの、それと仕事とはあくまでも別の話だ。

加賀は、朱里を始めとする社員を心から信頼していた。そんな男が、血の繋がりだけを頼りに息子を後継者に指名するはずもない。

しかし、亮は甚《はなは》だしいまでに自分勝手で、一度追い返されたくらいではまったく反省しなかったようだ。

我が物顔で会社に居座り始めた彼を、誰もが摘まみ出したいと思った。けれど加賀の意識がない状態とあっては、たかが血縁ごときと切って捨てるわけにもいかない。

法律上、彼が会社株式の半分の相続権を持っているのは紛《まぎ》れもない事実なのだから。

それ故、社員らが口出しできないのをいいことに、馬鹿ジュニアは愚行《ぐこう》を重ねていった。

他社を訪問する際に無理やりついてきて、無礼な態度を取ることもあれば、何の権限もないのに、有り得ない価格で受注を請け負う口約束をしてきて、社員が平謝りしなければならない事態もあった。

朱里たちは次から次へと舞い込んでくる馬鹿ジュニアトラブルの後始末に追われ、それは今や日常業務に支障をきたすまでになっていた。

「あいつ、絶対に友達なんて一人もいませんよ！」

拳を震わせて言い切った西野の言葉に、朱里は思わず声を出して笑った。

「まぁ、愚痴《ぐち》を言っていても始まらないし。毎日を頑張って乗り切るしかないでしょう」

なだめるような口調で話を締めると、それまで黙っていたさやかが口を開いた。

「無理はしないでくださいね」

眉尻を下げて心配そうに言うさやかに、朱里はうなずき返した。

「了解です。住宅展示場の新設の件と、得意先との調整はあらかた片付いたから、少しは楽になると思うし」

「とにかく朱里さん、俺にできることがあったら何でも言って下さい。朱里さんのような美人は笑顔でいてくれた方が、皆も仕事がはかどるはずですから」

「あんたはいつも一言余計よね」

拳を握って言い放つ西野を前に、朱里は深い溜息を吐《つ》いた。

罰《ばち》当たりなことではあるが、そもそも朱里は美人と称されることが好きではなかった。

目が大きく、鼻も高め。

栗色のストレートヘアは染めているのではなく完全なる天然物で、身長は一六四センチ。

ボディラインは出るところはきちんと出て凹むべきところはしっかり凹んでいるという、ある意味、日本人女性が理想とする容姿を持ち合わせていた。

しかし高校一年から二十歳までをアメリカで過ごし、向こうで桁外《けたはず》れの美人を目にした経験がある身としては、自分の容姿を評価されても何かの罠かお世辞にしか聞こえなかった。

とはいえ、西野が小賢《こざか》しさも器用さも持ち合わせていないことはよくわかっている。元気付けようとする彼の気持ちを受け取り、朱里はやんわりと微笑んだ。

「でも、ありがとう。頼りにしているわよ」

そう言いながら肩をぽんっと叩けば、西野の表情は途端に明るくなり、朱里は噴き出しそうになるのを必死で堪《こら》えた。

そしてさやかの入れてくれた紅茶を飲み干し、そろそろ仕事に戻ろうかと壁掛け時計に視線を向けたその時――

突然、背後からばたんっという大きな物音が鳴り響いた。

三人が同時にびくっとしながら出入り口の方を振り返れば、いつの間に集まったのか、ドアの向こうから大勢の社員たちが顔を覗《のぞ》かせていた。

「嬢ちゃん、頼るなら西野の坊主じゃなくてまずは俺たちだろう？　嬢ちゃんが無理をして倒れでもしたら、それこそ社長に顔向けできなくなっちまうからな」

そう言いながら、先陣を切って休憩室に足を踏み入れたのは、一番の古株である工藤《くどう》だ。

「いつから立ち聞きしていたんですか？　っていうか、工藤さん。いい加減二十代なかばを過ぎた女を嬢ちゃん呼ばわりするのはやめてくださいよ」

呆《あき》れたような物言いで返すも、彼らの表情からは自分を心配してくれていることが痛い程に伝わって来た。

「まぁ、そう言うなって。俺たちだって、嬢ちゃんのことは自分の娘みてえに可愛いんだ。だからよ、冗談抜きで辛くなったらすぐに言ってくれよ」

「工藤さん……」

うしろで「そうです、その通りです」と拳を握り締めている西野は正直鬱陶《うっとう》しい。けれど工藤とその言葉にうなずいている社員たちに、朱里は心から感謝した。

だが、朱里が彼らの思いやりに瞳を潤ませた直後、工藤は神妙な面持ちを一転させ、何かを企んでいるような笑みに変えた。

「ということで、だ。今夜は嬢ちゃんの労をねぎらうために、ぱーっといくとしようぜ!」

唐突に、工藤が体育会系のノリも甚《はなは》だしい掛け声を上げる。直後、一斉に「おーっ」という賛同の声を返すのは、無類の酒好き連中。

さっきの私の感動を返せっ!

彼らのはしゃぎっぷりに、朱里はそう叫びたくなるのを堪《こら》えながら、がっくりと肩を落とす。

そして飲み会の計画を立てる同僚たちを眺めていると、同じように彼らを見つめていたさやかがぽつりとつぶやいた。

「やっと、いつもの職場の雰囲気になってきましたね」

何気なく発せられた言葉に、朱里ははっと目を見開いた。

いつも活気に溢れて賑やかだった職場が、加賀が倒れてからというもの、驚くほど静かだったことに、今さらながらに気が付いた。

「そうだよね。これこそ、加賀ホームだよね」

つぶやきながら、朱里はふっと優しい眼差しで皆を見渡す。

苦しみも悲しみも悔しさも、共有できる仲間がいるのは幸せなことだ。

単独プレイ専門だった自分に、こんな温かい場所を与えてくれたのは加賀だ。そんな彼に心から感謝しながら、朱里は願わずにはいられなかった。

もう一度、この温かい輪の中で笑う加賀社長の姿が見たいと――

しかし、この三日後。その願いも空しく、朱里や社員らが尊敬してやまない加賀はこの世を去る。そしてそのことによって自分の生活が一変することになろうとは、この時の朱里はまだ知る由《よし》もなかった。

第二話

加賀の葬儀がしめやかに執り行われた後、息を吐く暇もなく役員会の招集がかかった。新たな代表取締役の選任や、今後の経営方針の決定をする必要が出てきたのだ。

加賀の生前、朱里は議事録作成のためなどで役員会に出席していた。そのため、この日もその場に居合わせることを許可された。

朱里は加賀の妻である洋子の隣に座ると、役員会の開始時刻をじっと黙って待っていた。

そして大方の席が埋まる頃――

この場に似つかわしくない、にやついた顔で入室してきたのは、馬鹿ジュニアこと五十嵐亮だった。

彼はこの日も何食わぬ顔をして、加賀が生前に座っていた席へと腰掛ける。

実の父親が亡くなったにもかかわらず、馬鹿ジュニアの顔には薄い笑みが浮かんでいた。それを一瞥《いちべつ》すると、朱里はそれ以上彼を視界に入れるのを拒否した。

ちらりと隣に視線を移せば、苦笑いを浮かべて自分を見る洋子の視線に気付く。

洋子は加賀の後妻で、元妻との離婚後に加賀ホームの総務に入社してきた女性だ。当時、仕事と壊れた家庭への事後処理で心身ともに疲れて果てていた加賀を癒《いや》し、彼の公私を支え続けてきたのが洋子である。朱里にとっても彼女は母親のような存在だった。

そんな洋子のどこか寂しさの残る表情を見て、つい先日のことが脳裏を過《よぎ》る。

「義文さんは幸せ者ね」

加賀の葬儀で朱里や社員らが涙を流す中、気丈に微笑んだ洋子の姿は美しく凛《りん》としていた。その時の彼女の姿を、この先決して忘れることはないだろうと朱里は思う。

人に優しく、人を幸せにしてきた社長だったからこそ、亡くなってからも愛される。過去形ではなく、今もこれからもずっと彼を愛し続けるであろう洋子を前に、朱里は決意を新たにした。

絶対に馬鹿ジュニアを会社の経営に関わらせてはならないと――

そのために何ができるだろうかと思いを巡らせていた朱里の耳に、不意にこつこつと通路に響く靴音が聞こえてきた。

しかし、役員会に招集された者たちはすでに会議室に出揃っている。

では、ここに向かってくる靴音の主は誰だろうか？　不思議に思って顔を上げると、それとほぼ同時に会議室の扉が開かれた。

姿を現したのは、仕立てのいいスーツを着た規格外のイケメン二人。

「失礼します」

軽く頭を下げてから、堂々と会議室に足を踏み入れる。その姿は、統率者の威厳のようなものを感じさせた。

二人の内、前を行く男の姿には見覚えがあり、朱里は「あっ」と小さくつぶやいた。

一九〇センチ近い長身で、すらりと伸びた手足。

切れ長の目に、きっちりと筋が通った鼻。

それらが絶妙に配置されたイケメンは、何度もマスメディアに取り上げられたことがある人物だ。朱里が最近目にした雑誌にも、彼のインタビュー記事が掲載されていた。

相良《さがら》都市開発の社長であり、建築業界の若き貴公子と称される、相良蓮《れん》。

そんな彼に続いて入室したこれまたインテリ眼鏡のイケメンの襟には、弁護士バッジが輝いている。周囲の視線を釘付けにした二人は無言のまま、空いている席に腰を下ろした。

役員会の開始時刻まで、残りあと十分。

何か大きな変革が起こる予感が部屋中に漂っていた。

「相変わらずのイケメンね。どう？　朱里ちゃんもああいう感じが好み？」

事情を知る様子の洋子に問いかけられ、朱里は間髪をいれずに否定で返した。

「いえ、まったく」

「あら、そうなの？　それは残念ね」

何が残念なのかは不明だが、その何かは知らない方がいいような気がして、朱里はあえて問い返さなかった。

洋子の言ったイケメンという言葉を否定する余地はないが、あの二人が好みかと問われれば答えは否。

一度近寄ろうとしたが最後、大火傷《おおやけど》決定だ。

しがない一般庶民は遠くから眺めて、さっさと忘れてしまうに限る。

彼らをばっさりと切り捨てた朱里の言葉に、洋子は隣で愉快そうに笑い出す。しかし朱里にはそれを気にする余裕はなかった。

蓮の射抜くような視線が、真っすぐに自分へと向けられていたからだ。

もちろん、先ほどの洋子との小声でのやり取りが、遠く離れた席にいる彼の耳に入っているはずはない。

だが、他に彼の視線の理由に思い当たる節などなく、今すぐにこの場から逃げ出したくなるような危機感を覚えた。

しかし、なぜか身体は身じろぎ一つできない状態で、しばらく蓮と見つめ合うような格好となってしまい——

誰か助けてっ！

心の中でそう絶叫する朱里を救ったのは、蓮と共に現れた弁護士だった。

「時間になりましたので、始めさせていただきます。私は弁護士の赤坂《あかさか》と申します。先日お亡くなりになられた加賀義文社長より、生前遺言《ゆいごん》の作成を依頼されておりました。今日この場で、その内容を発表させていただきます」

赤坂の言葉に、会議室内が一気にざわめき出す。

その中で、朱里は冷静に周囲の様子をざっと見回した。

洋子と専務の黒田、そして数名いる常務の中で加賀に近しい者たちは事前に事情を知っていたのだろう。

皆一様に涼しい顔で赤坂の話を聞いている。

一方、馬鹿ジュニアこと五十嵐亮と、彼が後継者になると見込んで胡麻を擂《す》っていた二、三名の役員は、わかりやすい程に顔色を変えた。

そんな中、赤坂は淡々と遺言の内容を話し始めた。

「会社の経営権と人事権は、こちらの相良都市開発の代表取締役である相良蓮に一任されます。加賀社長の後任に関しては、後日彼が選任した者が就任し、役員人事は次期決算まで現状を維持。社員の勤務体系も、同条件下で継続となります」

加賀は末期の胃癌《いがん》で、病気が発覚してから亡くなるまでは半年程しかなかったはずだ。

その短い時間の中で自分の死を受け入れ、遺言書を作成し、遺される者たちのことを思った加賀義文という男の偉大さに、朱里は肩を震わせる。

隣に座る洋子は、赤坂の言葉を聞きながら誇らしげに微笑んでいた。

遺言の内容を聞き終えると、目頭を押さえる者が何人もいた。そんな中、赤坂は役目を終えたとばかりに着席し、蓮に後を託すように視線を向けたのだが――

「おいっ！　それじゃあ俺はどうなる!?」

直後、慌てた様子で声を張り上げたのは馬鹿ジュニアだった。

「俺には正当な相続権がある。親父の財産の半分は俺のものだ。その俺が会社の社長にも役員にもなれないなんてことは有り得ないだろう！」

怒りに身を任せて叫ぶ声が、会議室に響き渡る。

負け犬の遠吠えだと朱里は心の中で吐き捨てるが、彼の言い分もわからなくはない。

いくら遺言書で彼の相続財産をゼロとしたところで、加賀の実の息子である彼には、加賀の財産の四分の一を相続する権利は残る。

だが、亮にとっては希望であり、他の者たちには懸念《けねん》である事実を、赤坂は即刻否定した。

「五十嵐亮様に関しましては、一部口座の預貯金が相続財産として指定されています。ですが、生前加賀社長に請求していた過分の資金援助、ご自宅の建築資金などが遺産の前渡しとみなされるため、それ以外に相続財産はありません」

「何だとっ！」

きっぱりと言い切ると、赤坂はそれらの概算をまとめた書類を亮の前へと差し出した。

しかし亮はその書類に目を通すことなく、怒りで顔を真っ赤に染め上げながら紙を握り潰《つぶ》した。それからばんっとテーブルを勢いよく叩いて立ち上がる。

だが、いくらわめき散らした所で相手は法律の専門家。

遺言書《ゆいごん》の内容は、文句のつけようがないものだった。

天誅《てんちゅう》っ！

朱里はぐっと拳を握りしめ、心の中で絶叫した。

どうしても諦めが付かない様子の亮は、しばらくその場で赤坂や父親を罵倒《ばとう》していたのだが、数分後、会議室に呼ばれた二人の警備員に両腕を抱えられ、強制退去と相成った。

これでもう、嫌悪感さえ込み上げてくる男の顔を二度と見ることはないだろう。

そう確信しながら、朱里はようやく溜飲《りゅういん》を下げた。

そして再び静寂を取り戻した会議室で、今度は蓮がゆっくりと立ち上がって一礼した。

「赤坂弁護士からご紹介いただきました、相良都市開発の代表取締役を務めております相良蓮です。生前、加賀社長には大変お世話になりました」

形の良い薄い唇から、老若男女を問わず聞き惚《ほ》れるであろうバリトンボイスが発せられる。するとその場にいた者たちは一斉に彼の言葉に耳を傾けた。

「この度、私が重要な役目を担うことになり、不安を感じている方もいらっしゃること と思います。ですが、洋子夫人や皆様にご協力いただき、有能な人材を代表取締役に推 薦させていただきます。また弊社からの人材提供や業務提携も考えておりますので、ど うぞよろしくお願いします」

一昔前に流行《はや》った三高《さんこう》と呼ばれる基準を、軽々飛び越えるような男。そんな彼を見つ めながら、朱里は惚れ惚れするどころか、ぽかんとした表情を浮かべていた。

この人、いっそ政界に進出してみればいいのに……

類稀《たぐいまれ》なるカリスマ性で、あっという間に総理大臣の座に収まり、支持率八十パーセン ト以上を維持できるのではないかとさえ思えた。

だが、朱里がぼうっとしていられたのはそこまでだった。蓮がゆっくりと視線を移し ながら、予想だにしなかった言葉を口にしたのだ。

「それともう一つ。私が信頼する者を加賀ホームの代表取締役として推薦する代わりに、 こちらの社の優秀な人材を一人、我が社に引き抜くことを加賀社長と約束しました」

その言葉に、朱里の全身に嫌な予感が駆け巡った。

人材トレードの話をする蓮が、なぜ自分から一ミリも目を逸《そ》らさないのか。

まさかと思って隣に視線を向ければ、いたずらが成功した子供のような笑みを浮かべている洋子の表情が目に入る。その瞬間、朱里は胸の前で十字を切りたいような衝動に駆られた。

「ということで、高城朱里。お前には、週明けから相良都市開発の社員として働いてもらう」

つい先程までの丁寧な口調は、幻聴だったのか。

いきなりの命令口調と共に黒い笑みを向けられ、朱里はくらりとした。

同時に、蓮の宣言を聞いた洋子を除く役員のほとんどがざわめき出す。

肩書こそ社長秘書だが、加賀の不在という未曽有《みぞう》の事態を乗り切ってこられたのは朱里の統率力のおかげだ。そのことをこの場の誰もが知っているからこそ、彼女を引き抜かれては今後の業務に支障が出ると、役員たちは青褪《あおざ》めた。

新社長が外部から選任されるのであれば、余計に社内の実情を把握している人材が必要不可欠。

しかし、それを考えなかったはずのない加賀と洋子が承認したのであれば、決定は覆《くつがえ》らないだろうと判断できる程度には、朱里は物分かりのいい方だった。

急な異動を告げられても動じない朱里を見下ろし、蓮は愉快そうに片眉を上げた。

「質問があれば受け付けるが？」

別にありませんと答えようとした朱里は、寸前でその言葉を呑み込んだ。

こいつ、間違いなく私に喧嘩《けんか》を売っている。

蓮の言動から、即座にそんな推測を導き出す。その結果、朱里は「売られた喧嘩は倍にして返す」という自らの掟《おきて》に従った。

「あなたのおっしゃりようだと、私には基本的人権である職業選択の自由はないということですか？」

「憲法を引き合いに出すとは面白いな。だが、これは強制じゃない。お前には選択肢が与えられている」

「それはぜひ、詳しくお聞かせ願いたいですね」

挑発するような口調で問えば、蓮はあからさまに黒い笑みを浮かべて答えた。

「我が社に異動する以外に、加賀ホームの代表取締役に就任するという選択肢がある。大した理由もなく、そのどちらも嫌だというのなら、俺は今後一切加賀ホームの経営に力を貸すつもりはない」

そんなに極端かつ範囲の狭すぎる選択肢なんぞあるかっ！

今すぐ高級シャツの襟とネクタイを締め上げて、端整《たんせい》な顔を思いっきりがくがくと揺らしてやりたい。そう思ったが、今後のことを考えて朱里は懸命に耐え抜いた。

「自分の器《うつわ》くらいは把握しています。私に加賀ホームの社長は務まりません。そして加賀ホームの業績維持には、あなたの存在が欠かせないでしょう」

初めから選択肢などないも同然だと白旗を上げる朱里を、蓮は満足げな表情で見下ろした。

「では、何の問題もないな」

「あるとすれば、私があなたの会社ではド素人《しろうと》同然ということくらいでしょうか。過度の期待をされても、応えられない可能性が多分にあるかと」

これから自分の上司となる男、しかも社長という肩書の相手に投げかける言葉ではないと重々承知の上で、朱里は挑戦的に言い放つ。

自分が無能だとは思わないが、特段優秀だとは思っていない。

加賀の采配《さいはい》と、自分を温かく受け入れてくれた社員たち。それらがあってこそ、努力も成長もできたのであって、相良都市開発に場所を移しても同じようにできるとは微塵《みじん》も思っていなかった。

自分の意見を臆することなく告げる朱里に、蓮は目を細めた。

「お前の能力を判断するのは、お前じゃない。お前の能力を活かせる場は、俺が用意する。それにたとえド素人だったとしても、玄人《くろうと》になるまでみっちり仕込んでやるから心配するな」

物騒な発言は、調教宣言にしか聞こえず……

もはや朱里にとって目の前のイケメンは、ただのドS、いや鬼畜にしか見えなくなっていた。

どうやらそう思ったのは朱里だけではないようで、先程まで惚《ほ》れ惚《ぼ》れした表情で蓮の話を聞いていた役員たちも、皆一様に驚きを隠せない表情をみせている。

彼らの視線が集まる中、朱里は額に手を当てると、気を落ちつけるためにふうっと息を吐いた。

「わかりました。ただし、就業規則や雇用条件に関する書類にきっちり目を通した上で、最終的な判断をさせていただきます。法に触れるような内容がほんの少しでも記載されていれば、さすがに加賀社長との約束も無効になるでしょうから」

最後の最後に皮肉混じりの攻撃を仕掛けてみる。すると鬼畜といえども少しはダメージを受けたようで、蓮は一瞬目を大きく見開き、その表情をだんだんと苦々しいものに変えていった。

朱里は彼の表情の変化を目に焼き付けながら、机の下で小さくガッツポーズを決めた。

第三話

「くくっ」

「笑いすぎだ」

加賀ホーム本社ビル内の休憩室で、蓮は缶コーヒーを片手に赤坂と時間を潰していた。役員会が終了した後、加賀ホーム側で用意するという食事の誘いを断り、外で軽く昼食を取った二人が再び戻ってきた理由はただ一つ。

もうすぐ昼休憩を終えるであろう朱里に、今後のことを説明するためだ。

休憩時間が終わるのを待つ間、先程の役員会での蓮と朱里のやりとりを蒸し返しては、赤坂が身を捩《よじ》りながら笑い続けている。

蓮は顔を歪《ゆが》め、今にも床に這《は》いつくばりそうになっている赤坂の膝《ひざ》目掛けて、黒光りする革靴の先端をこつりと当てた。

「さすが、加賀社長の秘蔵《ひぞ》っ子。大物だよ」

目尻に溜まった涙をぬぐう赤坂は、噛《か》みつかんばかりの勢いで蓮に対峙《たいじ》する朱里の姿を思い出しているようだ。

狙った獲物は百発百中。

いや、狙わなくても女は掃いて捨てるほど擦り寄ってくる蓮に見惚《みと》れるどころか、興味ありませんオーラ全開で威嚇《いかく》してくる女なんて、そうはいない逸材《いつざい》だ、などと言う。

さらには、赤坂はあの場面を脳裏でリピートするだけで、あと一年は余裕で笑える気がするとさえぬかした。

そんな友人の態度が、蓮の不機嫌さをますます煽《あお》る。

「能力は加賀社長のお墨付きで、度胸は完璧。男はルックス主義じゃないって、蓮の下で働くのには最高の条件だよなぁ」

意味深な笑みを浮かべながら肘《ひじ》で脇腹を突いてくる赤坂に、蓮は無言を貫く。

初めから返事は期待していなかったのか、赤坂はさらに続けて語りかけた。

「それにしても、初対面の相手に蓮があんな風に素《す》を出すのは珍しいな」

「これから仕事で腐るほど顔を合わせることになるんだ。最初だけ取り繕《つくろ》ったところで、どうにもならないだろう」

吐き捨てるように返す蓮に、赤坂はさらに笑みを深めた。

「へぇ、これから腐るほど顔を合わせるつもりなんだ？」

「…………」

赤坂の問いかけに、蓮はまるで誘導尋問に引っかかった心境で小さく舌打ちをした。

「あれ？　黙秘権の行使？　彼女には拒否権も選択権も与えなかったのに？」

「お前、いい加減に……」

「ああ、ごめんごめん」

怒りをあらわにし始めた蓮に、赤坂は絶妙なタイミングで降参するように手を上げる。

もちろん、彼の表情には反省の色など微塵《みじん》も浮かんでおらず……

「何はともあれ、彼女の言う通り法に触れることはするなよ？　さすがにお前の弁護で法廷に立つのはごめんだからな」

「んなことするか！」

「いやぁ、お前のもとで彼女が働き始めたら、笑いすぎて俺の寿命は確実に縮まるよな。笑い死になんてしたら、絶対新聞沙汰《ざた》になるだろうなぁ」

「いっそさっさと死んでくれ」

自分をいじって遊ぶのをやめない赤坂を前に、蓮は深い溜息を吐いた。

わずかに残った缶コーヒーを飲み干してちらりと腕時計に視線を送れば、昼休憩の終了まで残り十五分程度となっていた。

話し合いの時間が間近に迫り、蓮はこの後、朱里とどう穏便《おんびん》に話し合うかの算段を始める。

「加賀さん、あなたの娘の取り扱いは一筋縄では行かないようです」

そうつぶやきながら、蓮は自分に朱里を託した男との約束を思い起こした。

あれは半年ほど前。蓮はとある商業ビルの三階にある、赤坂弁護士事務所のドアをくぐった。次いでカウンター越しに頭を下げる所員の女性に声を掛け、慣れた様子で奥の応接室へと向かって行く。

軽くドアをノックして入室すると、彼の親友でありこの事務所の所長でもある赤坂と、加賀ホームの社長である加賀義文が、同時に蓮の方を振り返った。

「相良君、急に呼び立ててすまなかったね」

蓮の姿を視界に捉えるとすぐに加賀は立ち上がり、軽く一礼をした。

会社の規模は相良都市開発の方が大きいとはいえ、二回り以上年下の相手にも礼儀正しく接する加賀に、蓮は以前から好感を持っていた。

「いえ。たまには私が社を出ませんと、社員たちも肩の力を抜けないでしょうから」

冗談まじりに言えば、加賀は目尻に深い皺《しわ》を作った。

「社員が優秀であれば、社長なんて肩書の者はお飾りで済むからね。最近は、私もずいぶんと楽をさせてもらっているよ」

向かいのソファに座るように促《うなが》され、蓮は加賀の正面に腰を下ろした。

「蓮、早速だがこれに目を通してくれ」

着席するとすぐに、隣に座る赤坂から一枚のクリアファイルを手渡される。

中には数枚の書類が挟まれており、恐らくこれが今回ここに呼ばれた理由だろうと察することができた。

沈黙が流れる応接室の中で、十分程掛けて書類にざっと目を通すと、顔を上げた蓮は茫然《ぼうぜん》とした様子で加賀を見遣《みや》った。

加賀から大事な話があると言われてここに来たものの、詳細を聞かずにいたことを蓮は心底後悔した。

「加賀さん、これは……」

今しがた受け取った書類には、加賀ホームの経営に関する社外秘の情報がまとめられている。そして一番下の紙面には、加賀ホームの経営権と人事権を蓮に託すという内容の文言が記されていた。

あまりに予想外の事態に、普段はポーカーフェイスを崩さない蓮の表情にも、隠すことのできない戸惑いが浮き彫りになった。

対する加賀は苦笑いを浮かべながら、謝罪の言葉を口にする。

「突然驚かせて、本当に申し訳ないと思う。だけど、こちらもあまり時間が残されていないのでね」

「時間が残されていない?」

混乱する頭でその言葉の意味を考える蓮に、加賀はすぐに答えを提示した。

「実は、私は先が長くない。医者からは、あと半年ももたないと言われたよ」

自分の寿命を淡々と語る加賀は、いつもと変わらぬ穏やかな笑みを浮かべている。そのため、蓮は彼の口から発せられた衝撃的事実を、なかなか理解することができなかった。

だが、彼の目の奥に宿る真剣な光と、あまりにも胸に重い書類を渡されれば、信じないわけにはいかなかった。

「君も知っているとは思うが、私には血の繋がった息子が一人いる。だが、アレはとてもじゃないが社を任せられるような人間じゃない。妻や専務の黒田を一時的に社長にした所で、そう長く続けられるものではないだろう。そこで君に協力を願おうと、赤坂君に書類の作成を依頼したんだ」

「俺がこの申し出を断るとは、思わなかったんですか？」

この時、蓮はビジネスの場で使っている「私」という一人称ではなく、あえて「俺」という言葉を使った。相良都市開発の社長としてではなく、相良蓮という一人の男として加賀に向き合いたいと思ったからだ。

蓮の真摯《しんし》な問いかけに、加賀は笑みを浮かべたまま首を横に振った。

「五分五分より、少しだけ楽観的な展望があると思っているよ」

穏やかな口調でそう話す加賀はいつもと何ら変わりはなく、これが本当に死に直面した人間なのかと、蓮は信じられない思いで加賀を見つめた。

「大事《おおごと》なので即答はできませんが、詳細をお聞かせ願えますか？」

改めて背筋を伸ばしてそう告げてきた蓮に向け、加賀は目を細めて大きくうなずいた。

「君に任せたいのは、私の後任となる代表取締役の選任だ。外部から、君が信頼できると思う者をその任に就けてもらいたい」

「それはうちの社からでも構わないということですか?」

「もちろんだ。私の株は洋子と君に配分されるように、赤坂君に公正証書遺言《こうせいしょうしょゆいごん》の作成を頼んでいる。当然君も役員として、加賀ホームの経営に口出しすることができる。ただ現役員や社員らについては、そのまま継続して雇用してもらいたい」

提示された条件は想像以上だと、蓮は言葉を失った。

加賀が蓮に要求する条件よりも、与える報酬の方が遥《はる》かに大きい。

そうまでして蓮に加賀ホームの今後を任せる理由が、残された時間の短さによる焦りなのか、それともそこまで信頼されているからなのかは、判断が付かなかった。

「ずいぶんと破格の条件ですね」

戸惑いを正直に口にすれば、加賀はまだこれだけではないと意味深につぶやいた。

「もう一つ、気前のいい話をしよう。君の傍から優秀な人材を加賀ホームにもらい受けるにあたり、うちからも一人、優秀な人材を君のもとへ送り出そうと思っている」

「優秀な人材、ですか?」

「ああ、高城朱里と言えばわかるだろう?」

その名を耳にした瞬間、蓮はぴくりと肩を揺らした。

蓮のその反応に、加賀は満足げな表情を見せる。

「……そういうことですか」

加賀のその言葉と表情で、蓮はなぜ自分がこの役に選ばれたのかをようやく悟った。

「あなたが商売敵《がたき》でなくてよかったと、心底思います」

「ははっ、そう言ってもらえて嬉しいよ」

溜息混じりにつぶやけば、加賀は声を出して笑った。

すべては加賀の綿密な計算の上に計画されたことで、彼の掌《てのひら》の上で転がされていたという事実を知った今、蓮は素直に心情を吐露《とろ》することしかできなかった。

相良都市開発と加賀ホームは元請けと下請けという関係で協同することはあっても、仕事を取り合うような間柄ではない。

もし競合相手だったとしたら、間違いなく自社の仕事の多くを奪われていたことだろう。

これが長年培《つちか》ってきた経営手腕の差かと思うと、悔しさ半分、尊敬半分というのが本音だった。

「しかし、彼女がそうやすやすと異動を了承するとは思えませんが」

「それは問題ない。朱里は、私の遺志を無視するような子じゃないからね」

まるで我が子のことを語る父親のような表情を見せる加賀に、蓮は今さらながら苦いものが胸の奥から込み上げてきた。

なぜこの男が、こんなにも早くこの世を去ることを運命付けられたのか。

誰に向けるでもない、恨み言を口にせずにはいられなかった。

そんな蓮の心情を察してか、加賀は静かに口を開いた。

「遺される者を思い、できる限りのことをして逝《い》くのが死にゆく者の定めだと思えば、私は強運だ。そのための時間が少しでも与えられているのだからね」

男の本気の覚悟を目の当たりにし、蓮はもはや何かを口にするのも無粋《ぶすい》に思え、提示された書類にしっかりと署名した。

「加賀さん、先程ご相談いただいた内容で今週中に公正証書《こうせいしょうしょ》の原案を作成しますが、完成したら奥様にもお見せしますか？」

二人の話し合いがまとまった頃合いを見計らって、それまで黙って見守っていた赤坂が口を開く。

するとその問いかけに、加賀は首を左右に振った。

「いや。洋子は私が決めたことに何も言わずにうなずくだろうから、問題ないよ」

それまで加賀ホームの社長として毅然《きぜん》としていた加賀が、妻の名を口にした途端、あっという間に表情を緩めた。

「洋子さんは、このことをご存知なんですか？」

「もちろん私の寿命のことも、私の死後、加賀ホームを相良君に任せるつもりだということも伝えてある」

言いながら、加賀は何かを思い出したように小さく忍び笑いをした。

「あれは強い女でね。私より十歳も若いんだから、私が死んだら好きなように生きなさいと言ったんだ。そしたら、言われなくてもそうするわと返されてしまった」

言葉の裏にある強がりや、長年連れ添った夫を思いやり、決して悲しそうな表情を見せまいとする気遣い。妻のそんなすべてが愛おしいと、加賀の瞳は語っていた。

「食べたい物をたくさん食べて、好きなことをして笑い、残りの人生を十分に楽しんで生きるんだと。そして自分が死ぬ時にはたくさんの自慢話を土産《みやげ》に持って行くから、何も心配せずに待っていればいいと笑われてしまったよ」

小さな微笑みをこぼしながら、加賀は妻に対する想いを語り始めた。

「残された時間があとわずかだと知った時、一番に考えたのは洋子のことだ。夫の欲目だと笑われるかもしれないが、彼女は美しい。だから、自分が死んだ後は自由に生きてほしいと言ったんだよ」

遠い目をしながらそう話す加賀は、ほんの一瞬だけ寂しげな表情を見せた。

愛しい女に幸せになってほしいという願いと、自分を愛し続けてほしいと思う気持ち。

蓮は加賀の表情の中に、そんな葛藤《かっとう》を垣間見たような気がした。

そして数秒の沈黙の後、加賀は再び笑みを浮かべて話を続けた。

「そう言った時、私はよほど情けない顔をしていたんだろう。洋子は呆《あき》れた顔をしながら『私の夫は一生あなただけよ』と言ってくれたよ。……私は本当に、いい女に巡り会えた」

一点の曇りなく、妻を愛して逝《い》けることを幸福に思う。洋子に対する愛情をそんな言葉で締めくくると、次いで加賀は朱里の話を切り出した。

「だから、私の心配事は残すところ朱里のことだけなんだ。洋子も私も、あの子を実の娘のように思っていてね」

そう告げながら、加賀は真っすぐに蓮の瞳を捕らえる。

「正直、会社を任せられる人材は他にもいると思っている。だが、朱里を任せられるのは君だけだ」

確信をもってそう告げられ、蓮は返す言葉が見つからなかった。

真意を探るような目をする蓮に、加賀はその根拠を説明することなく、最後にもう一度懇願《こんがん》する。

「あの子は痛みを知っている分、とても優しい。自分の思いを隠すのも上手い。誰にも頼らずに頑張るのに、誰かに助けを求められれば迷うことなく手を差し伸べる。だからこそ私たちはあの子のことが心配で、何かをしてやりたいと思うんだ」

自分勝手なことをしていると承知の上で朱里を託したいと話す加賀に、蓮は意を決したような面持ちでその瞳を真っすぐに見つめ返した。

「自分にどこまでできるかはわかりませんが、加賀さんの信頼を裏切ることがないように、精一杯努めます」

「ありがとう」

礼を述べる加賀の表情に心からの安堵《あんど》が見え、蓮は託された思いをしっかりと胸の中に刻み込む。

叶うなら、加賀から自分の手に多くを託される日が一分一秒でも先の未来になることを、願わずにはいられなかった。

遠い目をしながら、加賀とのやり取りを思い起こしていた蓮に、赤坂がからかい混じりの言葉を投げ掛けた。

「今さら穏便《おんびん》に話し合おうって言っても、さっきがあれじゃあなぁ。いっそのこと、本気で口説いてみれば？　彼女を落とせれば、笑顔でついて来てくれるだろうし」

十二分に笑い転げた後、からかいモードに突入した赤坂に辟易《へきえき》しながら、蓮は再び腕時計に視線を移した。

そろそろ昼休憩が終わる時間だ。

それを確認すると、蓮は空き缶をごみ箱に投げ入れた。

「そんな小細工が通用する女だと思うか？」

吐き捨てるように言い放つと、鞄《かばん》を手に取り出口に向かって歩き出す。

その背に向けて、いまだに意地の悪い笑みを浮かべている赤坂が問いかけた。

「通用するなら、彼女を口説くってことでいいのかな?」

「言ってろ!」

これ以上言葉遊びを続けるつもりはないと、蓮は足早に休憩室を後にする。

そんな蓮の後を追ってきた赤坂は、少しからかい過ぎたか、と言いながら肩をすくめた。

役員会で、蓮が普段では考えられないほど朱里に対して強い口調で対応したのは焦りがあったからだと、赤坂はすぐに気が付いたのだろう。けれどそれが加賀の遺志を確実に叶えるためなのか、少しでも早急に彼女を手元に置きたいと、蓮自身が思っているからなのか。そのどちらなのかまでは赤坂にもわからなかったに違いない。

「厄介な相手に目をつけられて可哀想に」

朱里に同情するような言葉を放ちながらも、赤坂の口元はほころんでいるように見えた。

「まぁ、さっきのやり取りを見る限り、大人しく檻《おり》に閉じ込められているような女性じゃないみたいだし」

今後のことを想像したのか、赤坂はそうつぶやくなり再び声を出して笑い出す。その様子を見て、これ以上相手をするだけ無駄だと判断し、蓮は無言のまま会議室へと向かって行った。

第四話

なぜこのような事態になってしまったのか。

昼休憩の間、おにぎりを一つかじってから、朱里は会議室で一人思い悩んでいた。

頭の中で、役員会の終了直後に洋子から言われた言葉を反芻《はんすう》する。

「朱里ちゃん、あの人のことを許してあげてね。自分がいなくなった後、会社のために朱里ちゃんが必死で頑張ってくれるってわかっていて……。でもそれは、あなたにとっての幸せには繋がらないだろうって、ずっと心配していたの」

だからあの規格外のイケメンに自分の今後を託したのだと言われても、朱里はすぐに納得することなんてできなかった。

「あの人のワガママだから、本当に嫌だと思ったらいつでも戻ってきていいのよ」

洋子の優しい言葉に、朱里は力のない笑みを返した。

憤《いきどお》りは確かにある。

それでも自分が望むかどうかは別として、加賀や洋子が朱里のためを思って出した結論を恨むほど子供ではなかった。

本音を言えば、加賀ホームを去るのであれば、せめて会社が新社長のもとで順調に動き始めるのを見届けてからにしたい。

少なくとも、今日までは加賀もそれを望んでいると信じて疑わなかった。

だが、その確信はつい先刻、脆《もろ》くも崩れ去ってしまった。そして自分の異動を決めたのがほかでもなく、父とも慕う男であったことが朱里の選択肢を奪った。

「ここはもう潔《いさぎよ》く腹をくくるとして……。目下の課題は、あの腹黒社長とどう折り合いをつけるかってことか」

立場上、上から目線は許容範囲だが、挑発的な態度を取られるのは腑《ふ》に落ちない。

先程の蓮の態度を思い出して怒りが再燃しそうになったところで、タイミング良くドアをノックする音が聞こえてきた。

「先程の態度については謝罪する。だから、せめてもう少し友好的な態度で接してもらえるとありがたい」

会議室に入り朱里が蓮の向かいの席に腰を下ろすと、彼は苦笑いを浮かべながら開口一番にそう告げた。

直後、蓮の隣に座る赤坂が口元に手を当ててうつむいているのを視界の端に捉える。

それを見て初めて、朱里は自分があからさまにしかめっ面をしていたことに気付いた。

「すみません。ついさっきまで考え事をしていたので」

無意識とはいえ、非礼に一応の謝罪を入れてから大きく息を吐く。

そうして体内の空気をリセットしたことで、朱里は表情を幾分和らいだものへと変えた。

「とりあえず雇用条件と、相良都市開発での私の業務内容をお聞かせいただけますか？」

こうもすんなりと目的の話ができるとは思ってもみなかったのか。

蓮は一瞬拍子抜けしたような表情を浮かべるも、すぐにそれを改めて口を開いた。

「まず待遇についてだが、給料や福利厚生は加賀ホームと遜色《そんしょく》はない。詳細の資料は週明け、出社した際に書類を渡す」

テーブルの上で手を組むと、蓮は淡々と話を続けた。

「それから社宅についてだが、今住んでいる所は解約して、うちで指定する場所に引っ越してもらうことになる。家賃については住宅手当として会社から全額支給されるので個人負担はない」

「それは助かります」

相良都市開発の経営状態を詳しくは知らないが、加賀ホームよりも会社の規模が大きく、順調に事業を拡大していることは耳にしていた。

それでも、このご時世に社宅の賃料を全額支給してくれるというのはなかなかない条件だ。

現在、朱里は個人で契約したアパートに住み、そこを社宅扱いとして加賀ホームから家賃の八割を住宅手当として支給されている。

場所は加賀ホーム本社の最寄り駅から徒歩十分以内という好立地だが、そこから相良都市開発に通勤するためには毎日の通勤ラッシュに耐えなければならなかった。

朱里が言った「助かります」という言葉には、金銭面だけではないその他もろもろの事情が含まれていた。

「では移動する荷物もあまりないので、今月中には社宅に移ります」

「いや、家具家電はすべて揃っているから、今日から住めばいい。引っ越しについては、明日明後日にでも業者を手配しよう」

「はい？」

我が耳を疑うような提案に、朱里は素っ頓狂《すっとんきょう》な声を上げた。

週明けから相良都市開発で働くようにとは言われていたが、まさか引っ越しまでこうも急かされるとは予想していなかった。

「でしたら、引っ越しの準備もありますので、今日明日は家に戻って……」

「却下だ」

日曜に引っ越しますと言おうとした矢先、きっぱりすっぱり否定されてしまった。

理由を問えば、用意した社宅は最新のセキュリティシステムが導入されていて、入居の際には住人登録を済ませる必要があるとのこと。後日一人で行くとなると、身分証明やら何やらと色々面倒な手続きがあるらしい。

それが今日であれば、蓮が同行して身元を保証することで、それらの手続きをさっさと済ませられるということだった。

「はぁ……、わかりました」

別に手続きが面倒でも構わないと言おうかとも思ったが、それで言い争いになるのは不毛だと、朱里は早々に妥協《だきょう》した。

加賀ホームに就職してからというもの、家に帰るのはもっぱら入浴と就寝のためのみだった。そのためさほど荷物もないというのが、自分の意見を諦めた理由の一つだった。

「それにしても、家賃全額支給ってすごい破格の条件ですよね？」

「うちでも平社員については八割支給がせいぜいだ。だが上級職に関しては、それなりの待遇をしているつもりだ」

「ん？」

朱里は蓮の言葉に引っかかりを感じて首を捻《ひね》った。

この人、今何と言った？

確か、平社員は家賃補助が八割だと言ったはずだ。

じゃあ全額支給される私は一体……

頭の中にはてなマークが増殖し、朱里は泳がせていた視線の先を再び蓮に定める。

「あの……」

「ちなみに相良都市開発における お前の肩書は、情報セキュリティ推進室室長になる」

疑問を口にするよりも早く、回答が得られたまではよかった。しかし、その余りに突拍子もない返しに、朱里は目玉が飛び出すのではないかというくらいに大きく目を見開いた。

「いくら何でも、それは無謀すぎるでしょう!?」

相手が社長だろうが何だろうが関係ないといった勢いで、朱里は思いっきり突っ込んだ。

その直後、赤坂がぶふっと噴き出した様子が目に入る。しかし朱里は、それを一切無視することに決め込んだ。そして蓮に向かって前のめりになりながら、考えを改めるようにと訴えた。

いくら何でも他社から連れてきた社員、しかも元秘書、さらに言えば弱冠二十六歳の女をそんな役職に任命するなんて。そんな無謀な決断に批判が出ないはずがない。

だが、蓮はまったく動じる様子も見せずにしれっと返す。

「適材適所だと俺が判断した結果だ。だが、どうしても嫌だと言うのならば、俺の個人秘書でも構わない」

「……室長の方でお願いします」

こんな規格外のイケメン社長の個人秘書になろうものなら、社内外のありとあらゆる女性たちから総スカンを食らうこと間違いなし。

あんた、私を殺す気ですか⁉　と本気で問い詰めたいくらいだ。

またもや選択肢とは名ばかりの項目を並べ立てられて、朱里は早々に白旗を上げた。

「交渉成立だな」

こうなることはお見通しとばかりににやりと笑う蓮に、朱里は内心で「この腹黒めっ！」と罵《ののし》りつつ、質問を続ける。

「情報セキュリティ推進室とは、具体的にどのような活動をしているんですか？」

「それを決めるのはこれからだ。まぁ、うちで管理する個人情報の漏洩《ろうえい》防止が一番の目的だな」

「へ？」

想定外の答えに目を丸くする朱里に向けて、蓮は腕組みをしながら答えた。

「情報セキュリティ推進室は、新たに立ち上げることになった組織だ。つまり肩書は室長であっても、実質は週明けからお前一人で業務をスタートしてもらうことになる」

「はぁ」

どうやらお固いネーミングの割に、部下や仲間は一人もいないらしい。

その事実を知り、朱里はほっと胸を撫《な》で下ろした。

蓮と相談しながら手探りで進めて行くという部分については前途多難と言わざるをえないが、完成された組織に放り込まれて、一から業務を教わるよりは幾分マシだと思える内容だった。

残る疑問は、この男がなぜ加賀ホームで秘書をしていた朱里を、まったく関係ないポストに据えようと思ったのかということだけ。

だが、おそらく自分の過去を洗いざらい調べられたのであろうと思い至り、朱里はあえてその疑問を口にしなかった。

そしてその後も話し合いという名の一方的な通達が続けられ――

予想の範疇《はんちゅう》を超えた用意周到っぷりに、朱里は早々に音《ね》を上げた。

目の前で蓮と赤坂が矢継ぎ早に説明する内容を右から左へ聞き流すことで、遠のきそうになる意識を何とか保つ。

そうして三十分程かけて二人が話し終えた頃には、朱里は頭の中で「成るように成る」という言葉を呪文のように唱え続けていた。

「こちらからの話は以上だが、何か聞きたいことはあるか？」

「いえ……」

「だいぶ疲れ果てているみたいだねぇ」

同情を滲《にじ》ませる赤坂に対して、朱里は責任の所在を問いただしたい気持ちだった。

「何て言いますか……、予告ありで誘拐？　される気分です」

朱里が自分の置かれている状況をたとえると、途端に赤坂は噴き出し、蓮は仏頂面《ぶっちょうづら》になった。

「相手に考える隙を与えずに結論を迫るのは、営業の常套《じょうとう》手段の一つだよね、蓮？」

「それって、悪徳セールスのやり方じゃないんですか？」

「ははっ、気づいちゃった？」

明らかにこの状況を楽しんでいるようにしか見えない赤坂に、朱里はあからさまに顔を歪《ゆが》めた。

悪徳セールスに騙《だま》された消費者を助ける側の弁護士が何を言ってやがると、心の中で突っ込みを入れる。

「人を犯罪者みたいに言うな。自社の社員の生活環境を整え、一刻も早くその能力を発揮してもらうために尽力するのは、俺の仕事の範疇《はんちゅう》だ」

取って付けたような蓮の言い分に、朱里は反抗する気力を完全に失って深い溜息を吐いた。

「これからすぐに出発する予定なんですよね？」

先程の説明の中で、一応頭の隅っこに留めておいた内容を聞き返すと、蓮はすぐにうなずいて返した。

「そうだ。これから用意した社宅に行って、入居の手続きを済ませる」

「じゃあ、職場の皆に挨拶をしてきますので、少しの間お待ちいただけますか？」

「それは構わないが……」

いくら何でも、五年も勤めた職場に最低限の礼を済ませる時間くらいは与えてもらえるだろう。そう思ってお伺いを立てれば、奥歯に物が挟まったような言い方ではあるものの、とりあえずの了承が得られた。

そのことに安堵《あんど》し、朱里は二人に軽く頭を下げてから会議室の出入り口へと向かう。

しかしドアノブに手を掛ける直前、背後から呼び止める声が聞こえてきた。

「悪いが、もう一つ大事な要件が残っていた。これを今、お前に渡しておきたい」

まだ何かあるのかとうんざりしながら振り返った朱里は、蓮が放つ重々しい空気に驚いて不機嫌な表情を引っ込めた。

そして差し出された一通の封筒に視線を落とすと、再び彼のもとへと歩み寄ってそれを受け取る。

「中身は何ですか？」

今、小難しい書類を見せられても、頭が疲れ切っていて理解することができないだろう。

そう思って問いかけてみるも、蓮は厳しい表情で押し黙ったままだ。

自分で確かめろって言うことですか。

有無を言わさぬ鋭い視線を向けられ、朱里は観念して溜息を吐くと、中に入っていた数枚の紙をまとめて引き抜く。

そして一番上にあった紙面を見て、朱里は動きをぴたりと止めた。

「これ……」

そうつぶやく朱里の指先は、ふるふると小刻みに震えていた。

彼女の手にあるのは、一軒の住宅のデザイン画だ。

色鉛筆で手書きされた外観イラストの右下には、加賀のサインが記されていた。

震える手に力を込めて他の紙面を見ると、デザインに対応した間取り図と、Ａ４のレポート用紙に書かれた自分宛の手紙があった。

「どうして……」

手紙の冒頭に書かれていた「朱里へ」の文字が目に入った瞬間、朱里はきゅっと唇を噛《か》みしめた。

今ここで涙を見せるわけにはいかない。

蓮や赤坂の前でそんな醜態《しゅうたい》をさらすつもりはないと、ぐっと身体に力を入れてうつむくと、不意に傍で人の動く気配を感じた。

数秒の後、背後でぱたんとドアの閉まる音が聞こえ、朱里ははぁっと息を吐いた。

どうやら二人は封筒の中身を知っていて、気を利かせてくれたらしい。

その気遣いに感謝しながら、朱里は再び加賀からの手紙に視線を落とした。

『朱里へ
これを手にしている今、君はどんな思いでこの手紙を読んでいるのだろうね。

私が勝手をしたことを、怒っているだろうか。

それとも呆《あき》れているかな？

頑固で真面目で、優しい朱里。

私と洋子は、君を本当の娘のように大切に思ってきた。

そんな私たちの娘にたくさんの物を遺していきたかったが、朱里はきっとそれを望まないだろう？

だから私の一番の特技を生かして、最後の贈り物をしようと思う。

朱里、私が洋子に出会えたように、いつか君も誰かを愛し、家庭を持つ日が来たら、
こんな家に住んでほしいという願いを込めて、最後にこの夢を贈る。

この家で幸せに満ちて微笑む朱里の姿を想像しながら、最後の仕事を完成させること

ができて、私は幸せだ。

朱里、ありがとう。

幸せになりなさい』

手紙を読み終えた朱里の肩が、小刻みに震え出す。加賀が自分に遺してくれた、温かな想い。それを目にしては、涙を堪《こら》えることなどできるはずもなかった。

「こんなの、反則ですよ」

震える声で、精一杯の強がりを込めて独りごちた。

「私はずっと幸せでした。幸せだったんです、社長」

『わかっているよ、朱里』

きっと加賀は穏やかな笑みを浮かべて、そう返してくれたであろう。師であり父でもあった大切な人を失ってしまった現実を強烈に実感し、朱里はその場に崩れ落ちそうになるのを必死で耐えた。

一度しゃがみ込んでしまえば、二度と立ち上がれない気がして怖かった。

自分はもう何もしてあげられないのに、死してなおこんなプレゼントを贈る加賀を恨めしく思いながら、ひっくひっくとしゃくり上げる。

そうしてしばらくの間、涙を止める術《すべ》もなく立ち尽くしていると、不意に静かな足音が背後から聞こえてきた。

段々と近付いてくるそれに、いつの間にか部屋に誰かが入ってきたのだと気付き、朱里は慌てて顔を隠すために入り口に背を向けようとするが――

「えっ？」

小さく声を上げた時にはもう、朱里の全身は大きな温もりにすっぽりと覆われていた。

「ハンカチ代わりだ」

自分の身に何が起こったのかもわからずに茫然《ぼうぜん》としている朱里に向けて、頭上からぶっきら棒な声が聞こえてくる。

朱里はその声でようやく、自分に温もりを与えている相手が蓮であることを知る。

どれだけ高価なハンカチなんだか。

いまだに涙は止まらないのに、朱里は笑い出したくなった。

薄化粧とはいえ、涙に濡れた状態でシャツに顔を押し付けられれば、きっとファンデーションや口紅が移ってしまうだろう。

そのことを気遣って身体を離そうと身じろぐも、蓮は朱里を抱きしめる腕にさらに力を込めてそれを阻止した。

まったく、後で文句を言われたって聞かないんだから。

胸の中で悪態をつきながら、朱里は与えられる温もりの心地よさにすべての思考を手放す。

身体の力を抜いて蓮の胸に顔を預けると、涙が止まるまでの間、朱里は存分に高級ハンカチの恩恵にあずかった。

そうしてひとしきり泣いて気持ちが落ち着くと、徐々に羞恥心《しゅうちしん》が込み上げてきた。

上質そうなドビーストライプの白シャツは涙で無残にもぐっしょりと濡れていて、心配した通り、ファンデーションの色が移ってしまっていた。

それもこれも強引に抱き寄せた蓮のせいだと割り切ることもできたが、本当にそれを着て帰るのかと思えば申し訳なさが込み上げてくる。朱里は居《い》た堪《たま》れない気持ちを抱えながら、そっと蓮の胸から身を引いた。

すると今度は強引に抱きすくめられることもなく、腰と背中に添えられていた大きな手がすんなりと離された。

「シャツ、汚してしまってすみません。それと、ありがとうございました」

真っ赤に染まった目に鼻声という、何とも格好のつかない状況ではあったが、朱里は素直に礼を述べる。

すると感謝の言葉を受け取った蓮は、ふんわりとした笑みを浮かべた。

この人、こんな風に笑うんだ。

失礼だが、今まで蓮に独裁者のイメージしか持っていなかった朱里は、その表情に内心驚いた。

見方を変えれば、この男にも少しは可愛げというものがあるのだろうか。

そう認識を改めようとした直後——そんな考えを吹き飛ばすかのように、蓮の表情が黒い笑みに切り替わった。

「いや、こういうのは役得と言うんだろうからな。礼を言うべきはこちらだろう？」

規格外のイケメンが口にしたエロ親父発言に、顔と言葉の中身の釣り合いが取れなさすぎていて、朱里は思わずぷっと噴き出した。

思いっきり泣いて、思いっきり笑う。

感情を素直に表に出すことを久しく忘れていた朱里は、晴れやかな気持ちで顔を上げた。

第五話

「相良社長、加賀ホームのことをどうぞよろしくお願いします」

加賀ホームの本社ビルを出て、その佇《たたず》まいを並んで見上げていた時——

二人の間に流れていた沈黙を破り、朱里は隣にいる蓮に向かって深々と頭を下げた。

会議室で思いきり泣いた後、化粧を直した朱里は職場の仲間たちのもとへと挨拶に出向いた。

すると、すでに朱里が加賀ホームを去るという話は広まっていたようで、事務所に足を踏み入れると同時に社員たちに囲まれてしまった。

そして皆口々に「寂しくなるなぁ」とか、「嫌になったら帰ってこいよ」とか、朱里の頭や身体を撫《な》で回しながら別れを惜しんでくれたのだが――

おい、今どさくさに紛《まぎ》れて胸とお尻を触った奴、出てこいや！

何度もそう叫びたくなるような状況もあり、残念ながら感動の別れとはいかなかった。

湿っぽい別れを嫌ってわざとそうしたことも、皆が心から寂しがってくれていることも正しく理解していた朱里は、頬を引きつらせながらも終始笑顔を見せた。

ただ一つ、西野の本気の男泣きにはドン引きしたのだが……。

とはいえ加賀がいなくなってしまった今も、加賀ホームは自分にとって大切な場所に変わりないのだと、再認識することができた。

自分は社を去る身だが、新天地で加賀や皆に恥じることがないように頑張ろう。

そんな決意を胸に、朱里は自分にとって居心地がよかった場所との別れの儀式として、蓮に頭を下げたのだった。

「お前達が敬愛する加賀社長が俺を指名したんだ。信じろ」

朱里が口にした心からの願いに、蓮は穏やかな口調で答え、ぐりぐりっと朱里の髪を掻《か》き混ぜた。

おそらく、蓮の能力を疑っての発言ではないと気付いたのだろう。

そう、朱里はただ託したかったのだ。

自己満足でしかない言葉をしっかりと受け取ってくれた蓮にうなずき返し、朱里は五年間勤めた会社に再び一礼する。

そして迷いを捨てて顔を上げると、加賀ホームに背を向けて先を歩き始めた蓮の後を追った。

これから私が支えるべきは、この背中か。

男性にしては線が細い方だと思っていたが、意外にもその背中は広く見えて、朱里は足早に蓮との距離を詰める。

すると道路脇に待機させていた黒のセダンに乗り込む直前に、蓮がうしろを振り返った。

振り向き様に彼が見せた穏やかな笑みは王子さながらで、思わず朱里はどきっと胸を弾ませる。しかし、そのことは決して誰にもばれないように墓場まで持って行こうと、密やかに決意した。

一方蓮はというと、朱里がそんなことを考えているなどとは露も思わず、真顔のまま爆弾発言を口にした。

「あの加賀社長にこれだけ評価され、大切に思われていたんだ。高城朱里、お前はいい女だな」

以前、加賀が妻の洋子をそう称していたのを思い出しながら、朱里をまじまじと見て言い放つ。

それを彼が言うと世の女性にとってどれだけの攻撃力となるのか、当の本人はまったく自覚していないところが罪深い。

その威力たるや、手榴弾《しゅりゅうだん》どころではなく核爆弾級だ。

だが、何が何でもこの男にたらし込まれるわけにはいかないと、朱里は鉄壁の自制心でもってその攻撃を耐え抜いた。

それでも、湧き上がってくる、えも言われぬ感情を完全に押し止めることはできず……

「このたらしがっ！」

腹いせに叫んだ声は思いの他大きかったらしく、先に車に乗り込んでいた赤坂とお抱えの運転手は揃って爆笑していた。

「いやぁ、『たらし』はよかったねぇ」

車に乗り込んでから数分後。

助手席に座る赤坂は、未だ笑いが収まらない様子でそうつぶやく。

背後で彼の笑い声を聞く朱里はというと、無の境地に達していた。

まともな神経を維持していては、居辛《いづら》いことこの上なし。

本音とはいえ、さすがに転職先のボスに向ける言葉ではなかったと反省する。

だが身体をこれでもかと小さくしている朱里の隣で、蓮は不気味な沈黙を保っていた。

ここは何とかして話題を変えなければ……

その一心で、上目遣いにちらりと蓮の表情を窺《うかが》いながら、朱里は恐る恐る口を開いた。

「あの、本当に一緒に付いてきてもらってもいいんですか？」

たかが一社員の社宅契約手続きのために、本当に社長が直々に出向くつもりなのだろうか。

できれば代わりに総務の誰かしらを派遣してもらい、この苦行のような状況から救って欲しかった。けれどそんな淡い期待が込められた問いかけに、蓮は能面のような顔で即答する。

「問題ない。今日は直帰の予定だったからな」

「ソウデスカ……」

思わず遠い目をしてしまうも、ここでへこたれるわけにはいかない。朱里は気を取り直して話を続けた。

「それで、社宅の間取りってどのくらいなんですか？」

「3LDKだ」

「さっ、ささささ3LDK!?」

想像を遥《はる》かに上回る豪華さに、朱里は上擦《うわず》った声を上げた。

「何だ、不服か？」

「不服って、いくらなんでも広すぎます。私、独身で子供もいないんですよ!?」

この時ばかりは羞恥心《しゅうちしん》をかなぐり捨てて、朱里は拳を握りしめながら力一杯に叫んだ。

今まで朱里が住んでいたアパートの間取りは、1LDKだ。

それでも持て余し、広々としたリビングはエアコンの効きが悪いと、ほとんどの時間を八畳の寝室で過ごしていた。

対面キッチンも、誰とも顔を合わせることなく、宝の持ち腐れと化していたのだ。

全額支給であればせいぜいワンルームくらいだろうと暢気《のんき》に考えていた朱里は、耳を疑うような答えを聞き、感謝ではなく怒りが込み上げてきた。

なんて無駄金を使うんだ！　と、蓮が考えを改めるまで膝詰《ひざづ》めで説教をしてやりたいとさえ思う。

「3LDKなんて使いません。今すぐワンルームに替えてください」

そんな贅沢《ぜいたく》をしては罰《ばち》が当たると詰め寄るも、蓮は考えを変えるつもりはまったくないといった様子で返した。

「今さら無理だな。寝室と仕事部屋に一つずつ使って、後は客間にでもすればいい」

「人を呼ぶつもりなんて毛頭ありませんので、客間なんて不要です！」

「じゃあ、趣味にでも使え」

「一部屋使う程の趣味なんてありません」

言い争いが激しさを増すにつれて、運転手は心配そうにバックミラー越しに二人の様子を確認し、赤坂はというと、込み上げる笑いを我慢してうつむいてしまっていた。

そんな中で、蓮は一旦大きく息を吸いこんだ後、朱里を絶句させる言葉を紡《つむ》いだ。

「じゃあ、ホームシアターを買ってやるから、映画でも見ろ。それが嫌なら、ゴルフシミュレーターでも構わん」

「なっ！」

何てわからずやなんだと、朱里は蓮との会話のぶっ飛び具合に頭を抱えたくなった。

どうして贅沢を否定している相手に、高価な家電を買ってやろうなどと言うのか。

疲れ切って、へなへなとうなだれる朱里に声を掛けたのは赤坂だった。

「まぁまぁ、朱里ちゃん。せっかく蓮が用意したんだし、ここは受け取ってやってよ」

「身に余る物を無償で受け取るような真似はできません」

この際、ちゃん付けで呼ばれたことくらいは許容範囲だ。そう思って訂正を入れることもせず、朱里は強い口調できっぱりと言い返した。

「そうは言っても、もう準備しちゃったわけだしねぇ」

赤坂がちらりと蓮を見やれば、わかりやすい程の不機嫌面で会話を引き継いだ。

「身に余るような物じゃない。お前の能力から判断した、正当な報酬だ。それに無償でもない。その分、うちの社できっちり働いてもらうつもりだからな」

屁理屈にしか聞こえない蓮の言葉に、朱里ははぁっと溜息を吐く。

「あなたのその評価が高すぎると言っているんです」

「そんなことはない」

きっぱりと否定する声には迷いなど微塵《みじん》も感じられなかった。そして蓮はさらに朱里の評価の根拠となる事実を口にする。

「十六歳でアメリカに留学し、飛び級で大学に入学。その上、三年でコンピュータサイエンスとソフトウェアエンジニアリングの学位を取るなんて、凡人にできることじゃない」

やっぱり知っていたのか。

予想していたこととはいえ、朱里は思わず右手で額を覆い隠した。

「一体どこまで調べたんですか……」

はぁっと息を吐きながら問いかければ、蓮はしれっとした様子で返す。

「あとは大学卒業後にアメリカで半年、その後帰国して日本でも半年間ソフトメーカーに勤務した後、加賀ホームに入社したという経歴くらいだ」

「加賀ホームに勤めて五年。それだけ専門から離れていた私が、即戦力になると思われる根拠は？」

「俺はソフト屋としての能力だけを欲しているわけじゃない。社内外とのコミュニケーション能力や事務処理能力、その他加賀ホームで培《つちか》った業務経験を総合的に判断しての評価だ」

そこまで想定の範囲内かと、社宅の間取りうんぬんのやりとりを含めて、朱里はこの日、何度目かわからない諦めモードに突入していた。

「捕獲された野生動物って、こんな気持ちなんでしょうね」

せめてもの不服を示すために、朱里はそうつぶやきながら両手を上げて観念のポーズを取る。するとその姿を見た赤坂は、口に手をあてて噴き出すのを堪《こら》えていた。

「普段は執着心に乏《とぼ》しい奴なんだけど、一旦これと決め込むと死ぬまで離さないねちっこいタイプだからねぇ」

「貴様……」

ようやく朱里が諦めたことに満足していた蓮は、友の決して褒め言葉とは思えない言い回しに、苦虫を噛《か》み潰《つぶ》したような表情を浮かべる。

一方朱里は、赤坂の言葉の真意までもは理解できなかった。だがそれでも蓮の表情が歪《ゆが》んだことに満足して、ようやく表情を緩めた。

「じゃあ私は一社員として、せいぜい社長の気を引かないように息を潜《ひそ》めていることにします」

「あはははっ、朱里ちゃんは本当に面白い！」

見当違いも甚《はなは》だしい朱里の決意を聞き、赤坂が突然の大爆笑を始めた。

「話の流れを考えれば、もう手遅れだって気が付いてもいいと思うんだけど……」

呼吸困難になりながらも、赤坂はお腹に手を当ててそうつぶやく。

だが声が震えていたためか、朱里はそれを上手く聞き取ることができずに首をかしげた。

それでも、赤坂のつぶやきが自分に向けられていた気がして、朱里は何とかその内容を確かめようと隣に視線を向ける。

すると蓮は眉間《みけん》に皺《しわ》を寄せ、腕組みをしながらだんまりを決め込んでいた。

赤坂と蓮、対照的な表情の二人を交互に見て、朱里はおそらく赤坂は自分にとって何かよくないことを言ったのだろうと察する。

そうしていつまでも笑いを収める気配を見せない赤坂を前に、朱里は前途多難な未来を憂《うれ》いて額に手を当てた。

程無くして、一行は都内の一等地にそびえ立つタワーマンションに到着した。

「さっさと手続きを済ませるぞ」

きょろきょろと辺りを見回し、借りてきた猫のようになっていた朱里は、蓮の声掛けでようやく我に返る。

慌てて小走りで駆け寄った先には、コンシェルジュカウンターがある。その目の前まで辿り着くと、高級ホテルさながらにコンシェルジュが恭《うやうや》しく頭を下げた。

「お帰りなさいませ、相良様」

「彼女が、事前に申請しておいた新しい住居人の高城朱里だ。身分証、その他入居に必要な書類はここにある」

「かしこまりました。では高城様、登録作業を行いますのでこちらへどうぞ」

「あっ、はい」

息つく暇もなく、案内されるままに朱里はカウンター横の小部屋に導かれる。

そこからは、声が出せないほどの驚きの連続だった。

どうやらこのマンションには、最新のセキュリティシステムがこれでもかと配備されているようだ。指示通りに椅子に腰かけるや否や、指紋、網膜《もうまく》、顔写真などの情報を次々と吸い上げられていく。

所要時間はおよそ十五分。

決して長い時間ではなかったはずだが、事前に部屋の間取りしか聞いていなかった朱里は、外観や設備の桁違《けた》いの豪華さを知って精神的な疲労がどっと増した。

そしてなぜここに住むことを容認してしまったのかと、後悔し始める。

ざっと見るだけで、管理費や共益費が通常のマンションの数倍はするであろうことがわかる。自分が住むことになる部屋の家賃など想像したくもなかった。

「ご協力いただきまして、ありがとうございました。これにて登録作業は完了となります。もしもシステムトラブル等の問題が発生しましたら、カウンターまでご連絡ください」

「ありがとうございます」

登録作業を終えてセキュリティシステムについての一通りの説明を受けると、朱里はコンシェルジュに一礼して蓮と赤坂が待つエントランスホールへと戻った。

「終わったみたいだね」

赤坂に預かってもらっていた手荷物を受け取り、朱里はこくりとうなずいた。

「こんなにセキュリティがしっかりしているマンションを見たのは初めてで……。ここに住むことになるなんて、いまだに信じられません。まるで国賓《こくひん》にでもなった気分です」

眉をハの字に曲げて肩をすくめた朱里を見て、赤坂はぼそりとつぶやいた。

「ある意味、日本最高級の檻《おり》とも言えるんだろうけどね」

「えっ？」

「おい、終わったのならさっさと行くぞ」

赤坂のつぶやきを聞き返そうとした直後、ホール内に蓮の不機嫌そうな声が響く。

すぐさま声のした方に視線を向ければ、エレベーターの「開」ボタンを押して二人を待つ蓮の姿が見えた。

「すみません。今行きます」

慌てて返事をすると、朱里は急いでエレベーターに乗り込む。

エレベーターが向かった先は、居住スペースとしては最上階となる三十七階だった。

だが朱里はもはや突っ込みを入れることに疲れ、黙ったまま蓮に続いてエレベーターを降りる。

そして何気なく外に目を向けた瞬間、そこに広がる景色を見て息を呑んだ。

数々のオフィスビルが立ち並ぶ光景は絶景の一言で、夜になればさぞかし美しい夜景となるだろう。

高さよりもその贅沢《ぜいたく》さに慄《おのの》きそうになるものの、今さらそれを言ったところでどうにもならない。そう自分に言い聞かせ、朱里は再び進行方向へと視線を戻す。

すると視界に広がる長い通路の先に、二つのドアが見えた。

「この広さのフロアに、たった二世帯？」

もう驚きつくしたと思っていたにもかかわらず、目の前の光景に思わずそうつぶやく。

だが朱里の驚きなど気にも留めず、蓮は手前のドアの前で立ち止まると、見ればわかるだろうとでも言いたげな視線を寄こした。

「さっさと開けろ」

「……はい」

蓮の高圧的な物言いに免疫《めんえき》が付いたのか、それとも精神的疲労により噛《か》みつく元気もなくなってしまったのか。

朱里は素直に返事をして、ドアの前の指紋読み取り装置に指を差し込み、斜め上に設置されているカメラを覗《のぞ》き込む。

するとほんの二、三秒後にドアを解錠する電子音が流れ、目の前の部屋が朱里の住処《すみか》だということを証明した。

これで怯《ひる》んでいては、中に入ったらきっと腰を抜かすことになるんだろうな。

限りなく百パーセントに近い可能性を想定しつつ、蓮の刺すような視線を背中に受けながら、朱里は新居への入り口を押し開いた。

「すっ、すごい……」

語彙《ごい》の少なさを揶揄《やゆ》されようとも、朱里はそう言わずにはいられなかった。

一人暮らし歴も、数えること十年以上。

目の前に広がる想像以上の光景に、朱里は一瞬眩暈《めまい》がしてよろめきそうになる。

家具家電が揃っているとは聞いていたが、五十インチの液晶テレビや、マッサージチェアが付いているなんて誰が予想できるだろう。

食器棚に並べられたクリスタルのグラスなんぞ、うっかり割ってしまったらと想像するだけで恐ろしく、絶対に使わないと断言できた。

「週末に荷物を運び入れて、月曜からは仕事が始まるんだ。設備を確認して、効率良くやれよ」

「はぁ」

あんぐりと口を開けて立ち尽くす朱里に、気合いを入れるように蓮がぽんと肩を叩く。

自分の持っている荷物なんて何も必要ないんじゃないかと思いつつ、促《うなが》されるままに朱里はおぼつかない足取りで部屋の探索を始めた。

その直後、それまでの驚きなど生温《なまぬる》かったという事実を知ることとなる。

浴槽は、四人家族が全員で脚を伸ばして入れるほどの広さがあり、もちろんジェットバスだ。

システムキッチンのシンクはまるで鏡かと思うくらいの輝きを放っていて、冷蔵庫や洗濯機、食洗機、オーブンなどといった家電の数々も、すべて最新の物が備え付けられていた。

「身の程知らずもいいところでしょ……」

うしろに続く二人に聞こえないようにつぶやきながら、朱里は額に手を当てた。

家の中を見て回っているだけなのに、フルマラソンでも走っているような疲労感を覚えつつ、最後の部屋となる寝室の扉を開く。

中に入ると、中央にホテルのスイートルームにあるようなスプリングの効いたクイーンサイズのベッドが置かれている。おまけに木目調でシックにまとめられたチェストと、ウォークインクローゼットまでもが備えつけてあった。

「どうだ、気に入ったか？」

背後から投げかけられた言葉に、朱里は振り向く気力もなく答える。

「気に入ったも何も、贅沢《ぜいたく》が過ぎますよ。ほどほどっていう言葉を知っていますか？」

「お前こそ、備えあれば憂いなしという言葉を知っているのか？」

「………」

どうあっても我を通す蓮の姿勢に、朱里は不毛な言い争いはするまいと早々に話題を変えた。

「それにしても、こんなに家が広いと掃除をするだけで週末が終わりそうですね」

長年の経験上、部屋というものは使わなくても埃《ほこり》が溜まるものだと重々承知していた。

当面二部屋は使う予定がないので放っておくとしても、リビングと寝室、キッチン、浴室、トイレについてはそうはいかない。

これまでの住居の五倍は超えるであろう広さを思い、朱里は早くも尻込みしそうになる。

だが、蓮が次に放った一言によって、その懸念《けねん》は綺麗さっぱり吹き飛ぶこととなった。

「その心配は不要だ。ここには週二回、ハウスキーパーが清掃に入るからな」

「はい？」

「掃除はもちろん、スーツのクリーニングや買い物の代行も依頼可能だ」

当たり前のように告げる蓮を前に、朱里は数回人差し指でこめかみを揉《も》みほぐした。

「はぁ、そうですか。それじゃあ私は服だけ持って来れば、すぐに住めるってわけですね」

引っ越し業者を頼むよりも、リサイクル業者にアパートの荷物を引き取ってもらった方がいいだろう。押し問答を避け、あくまで現実的な計画を頭に思い描いた矢先――

「それも不要だな」

蓮はぼそっとつぶやくと、クローゼットの取っ手を掴《つか》んで勢いよく扉を左右に押し開いた。

直後、目を剥《む》くような光景が飛び込んできた。

「なっ、何で……」

これ以上驚くことなどないだろうと思っていた朱里は、自分の認識の甘さを痛感した。

わなわなと震える指で差した先には、広々とした空間の半分ほどを埋め尽くす数の女性服がずらりと並んでいる。そこには普段着と呼べる類《たぐい》の物から、スーツ、パーティードレスやコートなど、ありとあらゆる種類が揃えられていた。

恐る恐る近くにあったチェストを覗《のぞ》けば、その中にもパジャマやタオル、下着、靴下などが隙間なく収納されていた。それを見た朱里はなぜそれらがここにあるのかと頭をフル回転させて推理し始める。

顎《あご》に手を当てる姿は、まるで探偵だ。

そのまましばらく視線を彷徨《さまよ》わせた後、朱里はある一つの可能性に思い至って、はっと息を呑む。そして戸惑いつつも、隣にいる蓮に向かって上目遣いで問いかけた。

「えっと……、もしかしてこの部屋って、元々社長の愛人が住んでいたりとか？」

数々の女物の洋服や下着が存在すること、それらがここにあると蓮が知っているということ。

その二つの事実から導き出された推論を、ズバリ直球で投げつける。

しかし、言い切ったと同時に殺意のこもった視線を返され、朱里は自分の推理が蓮の地雷を踏んだことを悟った。

「お前、本気で言っているのか？」

「すっ、すみません。嘘です！　ほんのお茶目なジョークです！」

本気度百パーセントで発した言葉だったが、口が裂けても真実を告げることはできない。

「愛人じゃないってことは、もしかして女装へ……」

「あはははははっ」

何とかこの場を乗り切るために別の可能性を口にしようとした直後、突然背後から爆笑が聞こえてきて、朱里は肩を大きく跳ね上げながら振り返った。

笑い声の主は言わずもがなの赤坂で、彼は身体をくの字に曲げた状態で呼吸困難に陥《おちい》っていた。

その姿を見下ろしながら、朱里の頭が急速に冷えていく。

そして自分がいかに危険な発言を繰り出そうとしていたかに気付き、さあっと青褪《あおざ》めた。

もしもあのタイミングで赤坂が笑い出してくれなければ、決定的な一言を言ってしまい、今頃は命の危険にさらされていたかもしれない。

そんな最悪の事態を考えれば、現在自分の横顔に注がれている矢のように鋭い視線でさえ、軽くスルーすることができた。

その後しばらくの間、朱里はこれ以上墓穴を掘るものかと物言わぬ貝となり――

　無言で威圧し続ける蓮と我慢比べをしていると、笑いを収めた赤坂が蓮の肩をぐっと掴《つか》んだ。

「勘違いされても仕方がないだろ？　俺にもここまでとは想像できなかったし」

「迎え入れる側として、当然のことをしたまでだ」

　発言こそ開き直ってはいるものの、赤坂の言葉に思い当たる節があるのか、蓮の言い回しはどことなく歯切れが悪かった。

「それにしたって、男が女物の服を揃えるってさぁ。しかも下着まで」

「って、これ全部、相良社長が用意したんですか!?」

　二人の会話を黙って聞いていた朱里は、ようやく事の真相を知り、オーバーリアクション気味に身体を反らしながら叫んだ。

　一体、この男はどんな顔をしてこれらを購入したのか。

　その場面を想像しそうになり、急いでぶんぶんと首を振った。そんな朱里に向けて、満面の笑みを浮かべた赤坂が恐ろしい答えを返す。

「選んだのはもちろん蓮だけど、それだけじゃなくてさ。ここにある服は全部、朱里ちゃんのサイズぴったりに仕立てられた物だと思うよ」

「私のサイズって……、そんなものを教えた記憶はありません！」

　日本に帰国してから五年余り経つが、その間は恋人と呼べる相手さえいなかった。

それなのに、なぜこの日が初対面となる相手に自分のサイズを知られているのか。

事実なら、いっそ警察に突き出してもいいような事を言われて、朱里は目をつり上げた。

するとまったく悪びれる様子も見せず、蓮本人があっさりとネタばらしをした。

「サイズは加賀夫人から聞いている」

がんっ。

蓮が言い切った直後、部屋の中に鈍い音が鳴り響く。

それは、朱里がウォークインクローゼットの扉に額をぶつけた音だった。

確かに、何度か一緒に服を買いに行ったことのある洋子なら、朱里のスリーサイズを把握していても不思議はない。

だが、個人情報の漏洩《ろうえい》ルートがわかったところで、はいそうですかと納得することなどできるはずもなかった。

教える方も教える方だが、女性のスリーサイズを本人の許可なく聞く方も聞く方だ。

朱里はどんどんっと扉を叩きながら、なんとか胸の内の怒りを発散した。

「まぁまぁ、朱里ちゃん。蓮も悪気があってやったことじゃないし、許してやって」

「悪気のあるなしは関係ありません。というか、悪気があったらたとえ社長であっても殴っています」

「あははは、勇ましいね。でも、実際あって困るような物ではないだろうし。損失と利益を合わせて、プラスマイナスゼロってことで、手を打ってくれないかな？」

確かにこれだけ仕立てのいい服を自分で揃えるとなったら、散財することは間違いない。

今後必要になるかどうかは別として、もらっておいて損はないのは事実だった。

さすが弁護士は人を説得する能力に長けている。朱里はそう感心しつつ、自分の気持ちに折り合いをつけて赤坂にうなずいて見せた。

「じゃあ、引っ越しの荷物もほとんどないので、あとやるべきことは……。ああ、隣の人に挨拶をしなくちゃいけませんね」

さっさと二人を追い出してベッドにダイブしたい気持ちを押し込めつつ、朱里は頭の中で週末の予定を組み始めた。

アパートに住んでいた時は女性の一人暮らしということもあって挨拶回りをしなかったが、ここまで豪勢なマンションでワンフロアに二世帯だけとなれば、そうもいかないだろう。

そう思いながら何気なくつぶやいた一言に、蓮が即座に反応を返した。

「その必要はない」

「いや、さすがにそれは……」

非常識過ぎるだろうと続ける前に、蓮はなぜかキッチンの方向を指差した。

つられたように指し示された方向に目を向ければ、キッチンと廊下の間にある一枚の白いドアが目についた。

「あれ？　あんなところにも部屋がある」

今の今まで気が付かなかったドアの存在に、朱里は首を捻《ひね》った。

部屋の間取り図は事前にもらっていたが、そのドアの先については描かれていなかったはずだ。

その先に何があるのかが気になって蓮に視線を戻すと、彼は朱里に向けて口角をゆっくりとつり上げた。

「あのドアは、隣の住居スペースに繋がっている」

「はい？」

「さらに言えば、その隣の住人は俺だ。だから挨拶なんぞ不要というわけだ。まぁ、どうしてもしたければ、今してくれても構わないが？」

「…………」

一体この男は、自分にいくつドッキリを仕掛けるつもりなのか。

ドッキリはしょせんドッキリ大成功のプラカードが掲げられた時点で終了だが、自分が仕掛けられている罠にはオチが付かない。結局現実として受け止めなければならないと思うと、疲れは増す一方だ。

朱里はこの時、思いっきり殴ってくれても構わないから、これが夢ならさっさと醒《さ》めてくれっ！　と切実に願った。

しかし、いくら待ったところで、目の前の現実から逃れられるはずもない。

コンシェルジュが蓮に向けて「お帰りなさいませ」と言った時点で気付くべきだったと、朱里は自分の迂闊《うかつ》さを呪った。

わざわざ彼が入居手続きに同行したのも、現居人が直接身元を保証すれば、手続きがスムーズにすませられるからだと言われれば納得だったのだろう。

がっくりと肩を落としてうつむく朱里に向けて、蓮が慰《なぐさ》めにもならない補足を告げた。

「寝室には内鍵がかかっているし、風呂トイレも別だ。共有なのはこのキッチンくらいだが、俺は冷蔵庫以外を使うことはない。あくまで同居ではなく、隣人という認識でいて問題ない」

問題ないわけがあるかっ！

頭の中にそんな絶叫が響き渡るものの、言葉にすることはできなかった。そしてその後、蓮からはここに住むことの利点を、赤坂からはキャンセルした場合の損失を、懇切《こんせつ》丁寧《ていねい》に説明されること約三十分――

巧妙《こうみょう》かつ強引なダブルアタックに、本日最後の敗北を喫《きっ》した頃には、朱里はもう精も根も尽き果てていた。

「もういいです。とりあえずコンビニで夕飯でも買って、さっさと寝ることにします」

言外に、二人にこの場から去ってほしいという意味を込めてそう告げる。すると、ようやく観念したかと蓮はふっと表情を緩ませ、赤坂はぱちぱちと小さく拍手をした。

「新生活のスタートにコンビニじゃ味気ないから、外食にしよう。この近くに魚の美味い店があるし、もちろん蓮の奢《おご》りでね」

赤坂がウインクしながら提案すれば、蓮にも異論はないようで、朱里はこの日初めて聞くまともな誘いにこくりとうなずいて返した。

第六話

週末が明けて、初出勤の日。

最寄り駅にあるカフェでモーニングセットを食べ終えると、朱里は鞄《かばん》を手に新しい勤務地である相良都市開発の本社ビルに向かって歩き出した。

「おはようございます」

門に常駐する守衛と挨拶を交わし、その足で真っすぐに受付カウンターへと進む。

すると、爽やかな笑顔の美女が朱里を出迎えてくれた。

「高城朱里と申します。本日より情報セキュリティ推進室への配属を命じられているのですが」

朱里の名を聞くと、女性はすぐに心得ている様子で微笑み、エレベーターに向けて手を差し出した。

「高城様ですね。社長より承《うけたまわ》っております。本日九時より十四階の大会議室で役員会が開かれますので、そちらに出席するようにとのことです」

「役員会に出席しろって……」

そういうことは前もって言っておくべき重要事項だろう。

心の中で突っ込みを入れつつも、受付で駄々《だだ》を捏《こ》ねていても仕様がないと、朱里は言われた通りに大会議室へと向かった。

「ったく、一体何の恨みがあって……」

「ほぉ、お前は誰かの恨みを買っているのか？」

「うきゃぁ！」

エレベーターを十四階で降りて会議室に向かう途中、不意にこぼした愚痴《ぐち》に対して背後から突っ込まれ、朱里は飛び退いて通路の壁に背を寄せる。

恐る恐る声がした方に顔を向ければ、くつくつと喉を鳴らす蓮の姿が視界に入って一気に脱力した。

「いきなりうしろから現れないで下さいよ」

本気で寿命が縮まったのではないかと心配しつつ、朱里はドキドキが治まらない胸をさする。

「急に現れたのは俺じゃなくて、お前だ。エレベーターから降りたかと思えば、こっちに気付きもせずに背を向けて、挙句《あげく》にぶつぶつと独り言をつぶやきやがって」

その抗議は心外だと言わんばかりに言い放つと、蓮は長い脚でさっさと先を歩き始める。

それを見た朱里は慌てて蓮の後を追い、隣に並ぶと同時に、もう一つの不満を口にした。

「相良社長。役員会への出席が必要な場合は、せめて前日までにおっしゃってください」

勤務中においてもドッキリ満載では仕事にならない。朱里はわずかに口を尖《とが》らせながら抗議する。

すると蓮はその場に立ち止まり、にやりとした笑みを浮かべて朱里を見下ろした。

「言ったところで、何か変わることがあるのか？」

言っても言わなくても出席が決定しているのならば、むしろ心構えがない方が楽だろう。

言外にそう伝えてくる蓮に、朱里は大きな掌《てのひら》の上で踊らされている気にさえなった。

「なんかもう、孫悟空《そんごくう》にでもなった気分です」

皮肉混じりの比喩《ひゆ》にも愉快そうに笑う蓮を睨《にら》みつつ、最初の戦場となる会議室の扉を開いた。


「なんつー居心地の悪さ」

会議室に入ってから五分後。

誰にも聞こえないくらいの小声で、朱里は頬を引きつらせながらつぶやいた。

さすが役員会に使われる会議室とあって、椅子の座り心地は申し分なく、二、三時間座りっぱなしでも腰が痛くなることはなさそうだ。

配られたコーヒーも、香りが良くて酸味が少ないという朱里の好みに合うものだった。

だが、それでもなお居心地が悪いと思わせるのは、周囲から不躾《ぶしつけ》に投げつけられる視線のせいにほかならない。

役員会に誰ともわからぬ若い女性が出席すれば、興味を引かれるのは仕方がないだろう。とはいえ、彼らが朱里に視線を注ぐ理由は何も存在の珍しさからだけではない。

蓮の隣に座らせられ、時折ぴったりと寄り添ってきては、何でもないことを耳打ちしてくる。そんな彼の行動のせいに違いないと確信する。

それでも、まさか役員たちの前で堂々と蓮を威嚇《いかく》するわけにもいかず、朱里はまた忍耐レベルを一つ上げてその場をやり過ごした。

「これが役員リストと会議の資料だ」

差し出された資料を受け取って目を通し始める朱里に向けて、蓮はさらに説明を続けた。

「うちは前期末に、社内の組織編成を大幅に見直したという経緯があってな。今日は各部門の状況報告が主な議題だ」

「では、私がここに呼ばれた理由は？」

「各部門の報告が終わった後、新設の組織について役員たちに説明する。お前には室長として自己紹介をしてもらうことになるから、今から内容を考えておけよ」

紹介するも何も、まだ組織の運営計画も何もない段階で何を言えというのか。

役員たちの失笑を買うだけだと懸念《けねん》するも、おそらくどんな負の事態に陥《おちい》ったとしても、この男ならばなんやかんやと周囲を納得させてしまうのだろうと思い至り、朱里は腹をくくった。

「この場でのパソコンの使用を許可していただけますか？」

「問題ない。好きにしろ」

突然小声で問いかけられた内容になぜかと聞き返すこともせず、蓮はあっさり許可を下した。すると即座に朱里は鞄《かばん》から自前のモバイルパソコンを取り出し、電源を入れる。

その間も、興味津々といった様子の視線を浴び続けていたが、朱里はそれらを丸々無視して黙々とキーボードを打ち続けた。

やがて役員会が始まり、各部門からの業績報告を聞くにつれて、朱里は相良都市開発がいかに順調な経営状態であるかを知ることとなった。

加賀ホームも黒字経営ではあったが、両社では取り扱う仕事の規模が違いすぎた。ほぼ真っ黒に埋め尽くされた年間スケジュールの一つ一つを頭に叩き込みながら、朱里はただただ感心する。

さらにこの安定した経営状態が、二十代そこそこで会社を引き継いだ蓮の采配《さいはい》によるところが大きいと知り、彼がただの思考のぶっ飛んだ危ない奴でないことに安堵《あんど》した。

「以上を持ちまして、報告を終わります」

最後の報告が終わると、蓮は手持ちの書類をテーブル上でとんとんと揃えてから、おもむろに立ち上がった。

「では最後に俺から一つ、報告をさせてもらう。以前に話しておいた通り、本日から我が社に新たな組織として情報セキュリティ推進室を設置することになった。室長にはここにいる高城が就任し、今後様子を見て各所から人員を補強するつもりだ」

端的にそう告げると、蓮はちらりと朱里に視線を投げかけてから再び席に着く。

その動作一つで、周囲の視線が一気に朱里へと注がれる。

蓮の行動と視線の意味するところを汲《く》み取り、朱里はその場に立ち上がって一礼した。

「この度、相良社長より情報セキュリティ推進室室長を拝命しました、高城朱里と申します。新設の組織ということで、今後皆様にご教示《きょうじ》願うことも多々あるかと思いますが、どうぞよろしくお願いいたします」

挨拶を終えて朱里が席に着いた途端、これでかしこまった会議は終了とばかりに、その場は一気に騒がしさを増した。

「社長、この件についてマスコミ発表の許可をいただけますでしょうか？」

今すぐにでも広報部に駆け出していきそうな勢いで役員の一人に問いかけられると、蓮はなぜか朱里へと視線を寄こした。

この質問に答えるのはお前の役目だと言わんばかりの表情に、朱里は味方から背中を刺されたような思いがした。

こんな重要なことを決定する権限まで与えられるとは……と、その気前の良さに驚くことはあっても、決してありがたくはない。

とはいえ、この場でいつまでもだんまりを決め込むわけにもいかず、朱里は覚悟を決めて口を開いた。

「確かに情報セキュリティ推進室の立ち上げを発表することは、顧客に我が社のリスクマネジメントへの取り組みをアピールするという意味で、有益であると考えます。ですが、正直に申し上げれば、時期尚早《じきしょうそう》であると言わざるをえません」

この先手必勝の世界において、目新しいことをいち早くマスコミ発表したいという気持ちはわからなくもない。

だが、セキュリティという決して早い者勝ちではない取り組みを、急いでマスコミ発表するメリットは少なく、反対に不備を指摘されるリスクもあると判断した。

せめて組織としてきちんとした人員が揃い、活動内容の方向性が確定するまでは待つべきだという朱里の意見に対して、また別の役員が渋面《じゅうめん》を見せた。

「高城室長の意見もわかるが、こちらとしてもこの件は早急に発表したい。少し前に競合他社で起こった個人情報の漏洩《ろうえい》事件は知っているだろう？」

問いかけに、朱里はうなずいて肯定を示す。

新聞やニュースでも大々的に取り上げられたその一件は、今から二ヶ月前に関西圏で最大手といわれる不動産会社で起こったものだ。

相良都市開発と同様に、高層ビルや集合住宅の建設をする一方で、賃貸業も行っているその会社は、膨大な数の個人情報を管理していた。

そしてそれらの管理体制が不十分であったことが災いした。

契約更新を会社から拒まれたある一人の派遣社員が、腹いせとして顧客の個人情報を故意に流出させたのだ。

それは、たった一人の馬鹿な社員が勝手にやらかした事件として済まされるようなものではなかった。

事件を引き起こした会社に対するマスコミの責任追及の姿勢は、相当厳しいものだった。しかし、彼らの標的はそれに留まらず、同業他社にも火の粉が降り注いできた。

もちろん相良都市開発も例外ではなく、その一件が情報セキュリティ推進室の立ち上げを大きく後押ししたことは紛《まぎ》れもない事実だった。

「こういうネタを提供するなら、まさに今が旬。鉄は熱いうちに打つべきでしょう」

新参者の朱里の意見など聞かぬとばかりに、他の役員たちも次々と便乗し始める。

「その通りだな。組織の詳細については言葉を濁《にご》せば済むし、高城室長のような若い美人がトップに立つというだけで、十分に話題性がある」

さも自分たちは正しいという口ぶりの役員らを前に、朱里は思わず眉間《みけん》を指で数回揉《も》みほぐした。

「組織の人員はすぐにはどうにもならないが、設備の方は何とかなるだろう？　最近、その手の企業が毎日のように営業に来ているし」

「あの情報漏洩事件では、確か顧客情報はＵＳＢメモリで持ち出されたんでしたよね？　それならいっそ金属探知機でも設置すれば……」

ばんっ。

話を遮《さえぎ》るように響き渡った鈍い音に、役員たちは一斉に目を丸くした。

音の発生源はもちろん朱里で、鞄《かばん》を勢いよく机の上に叩きつけたのだ。

しんと静まりかえる部屋の中で、朱里は鞄から一冊のファイルを取り出すと、空いている方の手でモバイルパソコンを小脇に抱え込んだ。

「相良社長、私物のパソコンですが、ウイルスチェックは済ませてあります。皆様に色々とご説明するにあたってこれを使用したいのですが、よろしいでしょうか？」

自分の目が据わりつつあるのを自覚しながら、朱里は蓮に視線を送った。

蓮の瞳に愉悦《ゆえつ》の色が滲《にじ》んでいるのは癪《しゃく》にさわるが、この際そんなことはどうでもいい。

見くびられたことに対する落とし前は自分でつける。

そんな決意が込められた瞳を向ければ、蓮は簡潔な答えを返す。

「好きにしろ」

「ありがとうございます」

清々しいほどの笑みを浮かべて立ち上がった朱里は、そのまま自前のパソコンをプロジェクタへと接続し、デスクトップにあるエクセルファイルをクリックする。

加賀ホームに在籍していた頃から、相手の役職に臆することなく、自分が正しいと思ったことを口にしてきた。

場所が変わった所でその信念を変えるつもりは毛頭ないし、舐《な》められたままでは女が廃《すた》る。

くっと奥歯を噛《か》みしめて、朱里は戦に挑むような気持ちで会議室内を見回した。

「こちらの資料は、社内への設置を検討しているセキュリティシステムの比較表になります」

話し始めると同時に、オフィスへの入退場管理システムとして最有力であるセキュリティゲートの比較表をスクリーンに映し出した。

各社の製品の品質や価格を比較し、それらを○△×で評価した資料を見せながら、レーザーポインターを使って丁寧に説明していく。

さすがに昨日今日という短時間で、このような資料を用意するとは思ってもみなかったのか、役員たちは揃って目を見張った。

蓮でさえも、提示された資料の緻密《ちみつ》さに感心しているようだった。

「また内部のセキュリティ強化として、社内を細かくエリア分けし、それぞれのエリアにA~Cの三段階のセキュリティレベルを設定します。これにより、社員は自分の社員証に登録されているセキュリティレベルのエリア以外には、立ち入ることができなくなります」

朱里の指がエンターキーを押すと画面が変わり、社内ビルの設計図の上に各部屋のセキュリティレベルが表示された。

そして十数秒の後、画面は生体認証システムの比較表に移る。

「中でも、特に厳重な管理が必要とされるサーバールームへの立ち入りは限られた者のみ可能とし、その他のエリアに関しましても、特に高レベルのセキュリティが必要となるエリアには、指紋や静脈などの生体認証システムの導入を考えております」

抜本的な対策を取るに当たっては、各部署に協力を要請する旨を申し添えて、朱里は深々と頭を下げた。

『新設の組織だから、教示《きょうじ》を願うことが多々ある』

先程までそう話していた朱里が、一転して決定事項を伝えるかのように毅然《きぜん》とプレゼンする姿に、茶々を入れられるような猛者《もさ》は誰一人いなかった。

「最後にもう一つ。USBメモリなどの記録媒体の持ち出しへの対策ですが、個人所有の記録媒体の社内持ち込みは完全に禁止し、各社員へ誓約書の提出を要請します」

業務上、それらが必要と思われるケースについては申請書の提出を義務付け、会社からパスワードロックのかかった物を貸し与える運営方法に切り替える。

それは、漏洩《ろうえい》事件を起こした不動産会社の二の舞にならないために、すぐにできる対策だった。

今まで気軽にデータの持ち運びをしていた社員たちは、さぞかし面倒だと感じるだろう。

しかし、業務効率とリスクマネジメントはある意味で表裏一体。

どちらかを強化したいのであれば、もう一方が不利益を被るのは必然だった。

「それと先程ご提案いただいた金属探知機についてですが、社内設備への導入はお勧めできません」

きっぱりと言い切りながら、朱里は先程それを提案した役員に向き直る。

USBメモリほどの極小の記録媒体を検知できるシステムとなると、その価格もさることながら、一人一人の検知に時間がかかってしまう。

エントランスにそれらのシステムを導入すれば、人の渋滞が起こることが予想できた。

さらに言えば、検知レベルを上げることで衣服までもが透けてモニタリングされるという欠点もある。社員たちからの理解を得るのは非常に難しいと言わざるをえなかった。

穏やかな口調ながらも、つらつらとそれらの欠点を並べ立て、朱里はあくまで悪意はありませんとばかりににっこりと微笑んだ。

そして発言者の引きつった顔を見ながら、朱里はようやく自分の中にあった怒りを静めた。

「以上の対策を前提として進めて参りますが、よろしいでしょうか？」

有無を言わせずにこんな場所に引きずってきておいて、今さら文句があるとは言わないだろう。

念押しするような視線を蓮に送れば、彼は実に愉快そうにくっくっと喉を鳴らした。

「ああ、高城室長に任せる」

「ありがとうございます」

口では一応の礼を述べているが、さも当然とばかりの表情で朱里は続けた。

「提案させていただいた事項に関しましては、社長の承認と皆様のご協力が得られれば、一月《ひとつき》余りで完了できると思います。マスコミ発表につきましては、それからでも遅くはないかと思いますが、いかがでしょうか？」

その場の役員たち全員に向かって問いかけると、しばしの沈黙が流れた。

ここまで聞いて「ＮＯ」を突き付けられるような大義名分などないだろうと思いながら、朱里は一人一人に視線を合わせていく。

結果、一分少々待っても異論が唱えられることはなく――

「近日中に、各部署のフロア移動と社内の工事計画についての取りまとめを行います。詳細が決まり次第、全社員に向けてメールにて連絡いたしますので、その際にはご協力をお願いいたします」

最後に一言そう添えると、朱里はパソコンの撤収作業に取り掛かる。

そのあまりにさばさばした対応に、役員たちは揃って呆気《あっけ》にとられ、しばしの間会議室内には朱里の作業する音のみが響き渡った。

それから数分後、沈黙を破ったのは蓮だった。

「以上で本日の役員会は終了とする」

彼の一言で、金縛りが解けたかのように皆が一斉に動き出し、がたがたという物音が続く。

そうして朱里が後片付けを終える頃には、部屋の中には蓮と自分以外の誰の姿もなくなっていた。

「見事だったな、朱里」

「はぁ」

別に褒められることをしたわけじゃないと言い返そうとした矢先、朱里は別の問題に気付き、疲れた表情を見せた。

「お褒めにあずかり光栄ですが、私のことは朱里ではなく、高城とお呼びください」

「赤坂には名前呼びを許して、俺には許さないというのは、不公平だとは思わないのか?」

口の端をつり上げながら言う蓮に、朱里はどれだけ実績のある敏腕社長だとしても、やはりこの男は頭のネジがいくつか吹き飛んでいるに違いないと判断した。

「この世の中、いつでもどこでも平等社会じゃないんです。それに名前呼びなんてされたら、周りから関係を疑われます。私は社長の愛人だなんて言われたら不愉快です」

「では、そういう誤解をする相手の前では、高城室長と呼ぶとしよう」

「だから……」

「勘違いするなよ？　これは社長命令だ」

ぴしゃりと言い放った蓮の顔には、勝者の笑みが浮かんでいたため、朱里は諦めて早々に話を終わらせる道を選択した。

「絶対に人前ではやめてくださいよ」

念押ししながら後片付けを終えると、足早に会議室の出口へ向かって歩き出す。

蓮に背を向けた状態でずんずんと突き進む朱里は、この時、彼がどんな表情で自分の背を見つめていたのかなど知る由《よし》もなかった。

第七話

朱里が相良都市開発の社員となって、二週間が過ぎた頃。

翌日に予定している地方出張に関する打ち合わせを兼ねて、朱里は赤坂と共に夕食に出かけていた。

相良都市開発に異動してから、朱里が社内のリスクマネジメントに注力していられたのは最初の一週間だけで、それ以降は蓮から直々に命じられる仕事が追加されるようになった。その最たるものが、今まで赤坂と打ち合わせていた案件だ。

それはとある県が計画する、高齢化社会に対応したコミュニティ作りのためのモデル事業だった。まとまった地区一帯を高齢者専用の生活地域として開発するにあたり、相良都市開発が住宅設計や住人と役所とを繋ぐシステム設計の提案をするという内容だ。受注できれば稀《まれ》に見る大口案件となるその事業には、当然ライバル会社も手を上げている。そこで各社のプレゼンする内容の採否を、県議会議員や実際にそこに住まうことになる一般住民の投票により判断するのだという。

朱里はそのシステム設計の担当を命じられ、赤坂は相良都市開発がこの案件を受注するに至った場合の契約締結を担当する運びとなっていた。

「転職してまだ二週間とは思えないくらいの働きぶりだけど、相良都市開発での仕事はどう？」

「面白いと思います」

笑みを浮かべながら、朱里は即答で返す。

加賀ホームにいた頃は、顧客の意見を直接聞けるような機会はなかった。

それ故、今回の仕事は規模が大きい上、顧客の意見が直接耳に届くという部分にやりがいを感じていた。

優等生のような回答だとは思ったものの、それは紛《まぎ》れもなく朱里の本音だった。

「朱里ちゃんは、蓮に勝るとも劣らない仕事中毒者のようだね」

「赤坂さんも、十分お仲間だと思いますけど？」

「それは違いないな」

両手を広げておどけて見せる赤坂に、朱里は笑いながら追加の料理と酒を注文した。

「じゃあ、私生活の方はどう？　蓮とは上手くやれている？」

「……おおむね順調です」

初日に比べれば、心臓に悪いことは少なくなり、結果としては上手くいっていると言えるだろう。

けれど、答えを返すまでにあったわずかな沈黙を赤坂が見逃すわけもなく、獲物に狙いを定めた鷹のような目つきで追及の姿勢に入った。

「朱里ちゃん、もしかして蓮に襲われでもした？」

「恐ろしいことを言わないでください」

からかうような物言いにに、朱里はぎょっとしながら否定した。

「じゃあ、蓮のいびきや寝言が激しくて眠れないとか？」

「部屋を三、四個挟んでも聞こえるいびきや寝言って、一体どれだけなんですか」

完全に面白がっている赤坂を止めるために、朱里はここ最近感じていた蓮に関する疑問をネタとして提供することに決めた。

「まぁ、大したことではないんですが、ちょっと意外だなと思ったことはありました」

「意外なこと？」

赤坂が首をかしげて反復すると、朱里は小さくうなずいて返した。

「はい。実は私、引っ越してから一応朝と夜は自炊するようにしているんです。で、社長もそれを一緒に食べているんですけど……」

「え？　あいつ、朱里ちゃんの手料理を食べているの？」

「そうですね。外部との会食がある日は別ですけど」

驚愕《きょうがく》の声を上げる赤坂に、朱里はしれっと返し、話を続ける。

「引っ越しの翌日、和食を作っていた時にたまたま社長と出くわして、向こうから食べたいって言ってきたんです」

「へぇ……」

自炊をするとどうしても一食分にしては多めの量ができてしまうため、むしろ蓮の申し出はありがたかった。

そしてその時、あまりに嬉しそうに自分の料理を食べる蓮を見て、思わず朱里の方から「これからは社長の分も作りましょうか？」と提案したのだ。

「作るのはいいんですが、社長にはいつも振り回されっ放しなので、この前ちょっと仕返しをしようと思って、料理に細工をしてみたんです」

「細工？」

日本酒の入った御猪口《おちょこ》を一気にあおり、手酌《てじゃく》で注ぎながら赤坂が興味深そうに聞き返す。

「はい。アニメキャラのランチプレートを買ってきて、ハンバーグとナポリタン、ポテトフライを乗せて、ケチャップライスの上に国旗がついた楊枝《ようじ》を刺し、おまけにプリンも付けてみたんです」

「おっ、お子様ランチ……」

ファミリーレストランで見られるようなお子様ランチプレートを完璧なまでに再現したと言う朱里を前に、赤坂はテーブルに突っ伏して肩を震わせ始める。一方で、朱里はその時の悔しさを思い出して顔を歪《ゆが》めた。

ウキウキ気分で意趣《いしゅ》返しをするつもりだったのに、その時蓮が見せた反応は期待を真っ向から裏切るものだったのだ。

「普通、大の大人が夕食にお子様ランチを出されたら、ちょっとは嫌そうな顔をしますよね？　なのにあの人ってば、それはもう普段は見せないような満面の笑みを浮かべて、無言のまま完食したんですよ！」

「………」

友の知らぬ一面を聞き、赤坂は黙り込んでしまった。

実際には、爆笑を必死に堪《こら》えているために息が詰まって声が出ないといった方が正しいのだが、朱里はそれに気付くことなく話を続ける。

「しかも、美味しかったからまた作ってくれなんて言われて。敗北感に打ちのめされましたよ」

「そ、それは……ご愁傷様《しゅうしょうさま》。くくっ」

赤坂は耐え切れずに噴き出すと、思う存分声に出して笑い始める。

それをいつものこととやり過ごしながら、朱里は目の前にあったグラスの中身を飲み干した。

「一緒にいればいるほど、社長っていったい何者!? って驚かされるばかりです」

怒りにまかせてそう言い放つ朱里は、赤坂から生温かい同情の視線を向けられているとは知らず、次なるお酒を注文するべくメニュー表を手に取った。


午後十時を回る頃。

帰宅した朱里は入浴を済ませると、まだ少し湿り気を帯びた髪のまま、リビングでパソコンを開いた。

そして酔いの残る状態ながらも、翌日のプレゼンに向けて資料の最終チェックを始める。

すると程無くして、続き部屋の扉が開かれた。

「なんだ、まだ起きていたのか」

「社長は今、お帰りだったんですか?」

「ああ」

冷蔵庫からミネラルウォーターの入ったペットボトルを取り出してラッパ飲みを始める蓮は、いまだにスーツ姿だった。

短い会話を交わした後、今一度パソコンに視線を落とした朱里の前に、ことりとジュースが入ったコップが置かれる。

中身は、朱里が最近好んで飲んでいる果汁百パーセントのフルーツジュースだった。

「ずいぶんと熱心なことだな」

ペットボトルを片手に持ったまま、蓮は朱里の対面のソファに腰を下ろした。

食事を共にするようになってから、リビングで向き合って話をする機会も増え、こうしてプライベートな空間に蓮がいることにも違和感がなくなっていた。

「明日の最終チェックをしていただけです」

言いながら、朱里はパソコン横に置いてあった資料を蓮に差し出した。

そしてそれを蓮が受け取ったのを確認すると、先程置かれたコップに手を伸ばし、「ありがとうございます」と礼を述べてから口をつける。

蓮は受け取った資料を確認すると、満足げな表情を見せた。

「初めての仕事で、ここまで完璧な資料を作るとはな。加賀さんが秘書だけをやらせておくには惜しいと思ったわけだ」

明日のプレゼンで使用する資料の内、住宅設計に関する部分は社内の設計部が作ったものだが、システム設計に関する部分はすべて朱里が手掛けたものだ。

もしも朱里が入社していなければ、それらをすべて外部に委託《いたく》していたのだろう。そう考えれば自分もそれなりに貢献できてはいるはずだ。

仕事に関して褒めるべきものは褒めるという蓮の姿勢に、朱里は目を細めた。

「だが、不思議なものだな。これだけの実力がありながら、今までずっと専門外の仕事をしてきたとは……。うちの社員たちに言っても、誰も信じないだろうな」

そんな蓮の言葉に、朱里は苦笑いを浮かべた。

五年の月日を共に過ごした加賀ホームの仲間たちであっても、朱里のプログラマーとしての能力を知る者はいないだろう。

「私は小心者ですから」

自分がなぜ、何年もかけて得た専門知識を生かす道を選ばなかったのか。

ここしばらくは思い出すこともなかった過去の記憶をたぐり寄せ、朱里は自嘲《じちょう》気味に笑った。

「プログラミングというのは、のめり込みすぎるとハマるというか、中毒症状が出るんです。わかりやすく言えば、ゲーマーと呼ばれる人たちみたいな感じですね」

朱里がアメリカの大学に通っていた頃、同じ専攻の仲間内で集まってゲームを作っていた時期があった。

設定したキーワードに厳重なセキュリティを掛けたプログラムを作り、解く側がそれを突破するというゲームだ。

それはお互いのプログラマーとしての技術を磨くために役立ち、同じ道を進む仲間たちのコミュニケーションツールにもなっていたのだが――

それを楽しんでいられたのは、あまりに短い時間だった。

「中毒になった人には、自覚症状がないんです。でも傍《はた》から見れば、その人の顔付きはまったく別人みたいに変わってしまうんです」

彼らは誰にも破られない強固なプログラムを作り込むため、また相手が作ったプログラムを何が何でも破るため、いつしか寝ずにパソコンに向かうようになってしまう。

朱里が見た中毒者の中には、大学時代に交際していた日本人学生も含まれていた。

当時、朱里は他の学生たちよりも多くの講義を選択していて、課題をこなすのに精一杯だった。

そのため、ゲームに参加しておらず、恋人の変化に気付くのが遅くなってしまった。

そしてある日、彼の住む学生アパートに足を運んだ朱里は、しばらくぶりに見る恋人の変わりように言葉を失った。

目の下には濃いクマができ、顔色も青白く、やつれたようにも見えた。

それなのに瞳だけは愉悦《ゆえつ》に満ちていて、それを見た瞬間、恐怖で足がすくんだのを今でも鮮明に覚えている。

その日からというもの、朱里は幾度となく彼と話し合い、その度に喧嘩を重ねた。

ゲームを止めるように迫る朱里に対して、彼は最初は大丈夫だと笑い、次第に怒りながら拒絶するようになり、最後にはうなずきつつも隠れてやるようになった。

不毛なやり取りに疲れた朱里は恋人に別れを告げたのだが、それから半年後に恐れていた事件が起きてしまう。

「私の大学時代の友人にも、中毒になった人たちがいました。彼らは次第にゲームだけでは飽き足らなくなって、他人のパソコンやシステムに侵入するクラッキングを行うようになっていきました」

朱里は膝《ひざ》の上に置いた手を握りしめ、絞り出すようにその事実を告げた。

「そして私が大学を卒業する一月程前に、国家機関の機密情報にアクセスしようとした罪で、彼らの中から逮捕者が出てしまったんです」

幸いにも、逮捕されたのは朱里の元恋人ではなかったが、彼のゲーム仲間の一人だった。

その事件の後、朱里は他の学生よりも一年早く大学を卒業したため、現在彼らがどうしているのかは知らない。

「一度中毒になってしまうと、強固なプログラムを構築することは使命、それを破ることは快感になってしまうんだそうです」

そのことを知った時、朱里の全身に鳥肌が立った。

「だから小心者の私は、あまりそちらの世界にどっぷりと浸からないように気をつけてきたんです」

恋人の変わり果てた姿を見た時から、自分もいつかプログラム中毒になってしまうのではないかという恐怖が胸の中に燻《くすぶ》り続けている。

彼らのような目をして、犯罪に手を染めてしまう日が来るのではないかと……

そんな弱音を吐露《とろ》したところで、朱里はふっと表情を緩めた。

「何か、全然仕事と違う話になってしまいましたね。すみません」

ここしばらくは目の前の現実に追われ、過去を思い出す暇もなかったせいか。

いらぬことを思い出し、さらにそれを蓮の前で披露《ひろう》してしまったことに、反省の意を込めて謝罪した。

恐れはこれから先も決して完全に消え去ることはないだろう。だが、自分の未来に怯《おび》え、目を背けて逃げてばかりいたあの頃の自分はもういない。

起きてもいないことを恐れて、今をしっかりと生きることができない人間になるな。

自分の可能性の範囲を勝手に狭めるな。

怖いなら、誰かに助けを求めればいい。

差し出される手を取る勇気を持ち続けていればいい。

そう教えてくれたのは、今は亡き加賀だった。

そして加賀は、パソコン相手の仕事をすることに怯《おび》えていた朱里に、人に関わる仕事の楽しさを教えてくれた。

様々な仕事や出会いを繰り返し、ようやく朱里はかつての知識を生かす仕事を楽しめるようになったのだ。

だから私は大丈夫だと、自分に言い聞かせる。

そして朱里はパソコンの電源を落として立ち上がり、ただ黙って自分の話を聞いてくれていた蓮に微笑みかけた。

「明日の本番に遅刻したらまずいので、もう寝ます。社長も早く休んでくださいね」

この場を去ることを告げる朱里に、蓮は軽く手を上げて応える。

「ああ、ゆっくり休め」

「はい、おやすみなさい」

挨拶を済ませて、寝室に向かおうとした時――

「朱里」

不意に蓮の呼び止める声が聞こえ、朱里はくるりと振り返った。

「はい？」

「お前は絶対にそういう人間にはならない」

突然投げ掛けられた言葉と、その声の揺るぎ無さに、朱里の瞳が大きく揺れる。

「俺は絶対にお前を壊さない」

力強い宣言に、朱里はぐっと胸が締め付けられるような思いがした。

蓮がどういう思いでそう言ったのかはわからない。

だが、朱里は彼の言葉が嬉しくて、涙がこぼれそうになるのを悟られないように深々と頭を下げた。

「ありがとうございます」

声の震えを必死に抑えながら、朱里はそのまま蓮に背を向ける。

最後に見た蓮の表情には優しい笑みが浮かんでいて、朱里は胸のざわめきを静めるのにしばしの時間を要した。

第八話

「敵陣に乗り込む今の心境は？」

「敵が泣いても謝っても叩き潰《つぶ》す、って感じですかね」

「ははっ、我らが姫は勇ましい」

赤坂との掛け合い漫才のような会話も慣れたもので、朱里はリラックスした気持ちでプレゼン会場へと乗り込んだ。

電車からタクシーに乗り換えて、向かった先は県庁。

その一室で、県知事や県議会議員たち、そして新設する高齢者向け居住地区への入居希望者を前に、プレゼンを行う予定になっていた。

この日、発表の場に立つことを許されたのは、事前の書類審査に合格した二社のみ。

相良都市開発ともう一つ、県内で大口案件の受注件数トップの実績を誇る、岡本《おかもと》セントラル開発だ。

実はこの三日ほど前、朱里は岡本セントラル開発の社長である岡本と顔合わせをする機会があった。

顔合わせとは言っても、相手がたまたま他社との打ち合わせがあって東京に出てきたとか何とかで、アポなしで相良都市開発に押しかけてきたのだ。

非礼だとは思っても追い返すわけにもいかず、何とか時間をあけて蓮と二人で応接室に向かうと、岡本は挨拶もそこそこに、プレゼンについての質問を投げ掛けてきた。

そうまでしてこちらの情報を得ようとするあたりに、今回の案件に対する岡本の本気度が窺《うかが》えた。

だが蓮が「今回のプレゼンは朱里に一任するつもりだ」と述べた瞬間、岡本はあからさまに勝利を確信した笑みを浮かべた。

「高城さんは別嬪《べっぴん》さんの上、ずいぶんと優秀みたいですなぁ。まぁ、うちもそれなりの者を選んで勝負させてもらいますがね。今回はこちらの地元の案件である以上、手加減はできませんが悪く思わないでください」

顎をさすりながら見下した態度を見せる岡本に、朱里は顔に笑みを貼りつけたまま、ぐっと拳を握りしめる。

だがそんな朱里の目の前で、岡本はさらに暴言とも取れる言葉を重ねていった。

そして言いたいことを一通り言い終えると、上機嫌で帰って行ったのだ。

岡本が帰った後、この落とし前は必ず三日後につけてやると決意した朱里に向けて、蓮は涼しい顔のままでたった一言だけ命じた。

「手加減はいらん。二度と軽口を叩けないようにシメてこい」

物騒な物言いに驚きつつ、朱里はその言葉で蓮の怒りの程を知った。

彼が部下を見くびられても怒らない上司でなくてよかったと安堵《あんど》すると共に、この信頼を裏切りたくないとも思う。

相手の天狗《てんぐ》のような鼻をへし折ってやるのは、自分の一番得意とするところだ。

売られた喧嘩はいつだって何倍、何十倍にして返してきた。

「完膚《かんぷ》無きまでにぶっ潰《つぶ》してやります」

「ああ、朱里に任せる」

女としてはどうかと思うが、部下としてはこの上なく頼もしいであろう宣言を聞き、蓮はその気合いを後押しするように朱里の背を軽く叩いた。

朱里が三日前のそんなやりとりを思い出していると、不意にその肩にぽんっと赤坂の手が乗せられた。

「プレゼンで勝利した後の契約事項はばっちりまとめてあるから、安心して叩き潰してやって」

事前に蓮から岡本の話を聞いていた赤坂もまた、同じ怒りを共有してくれたのか。

朱里の勝利を確信している証として、作り込んできた契約書を目の前にかざした。

蓮だけでなく赤坂からも心強い声援と信頼を受け、朱里はしっかりとうなずき返す。

そして背筋を伸ばし、決戦の地へ向かった。

「いやいや、まさか相良社長がこの場にいらっしゃらないとは思いませんでした」

プレゼン会場に入るなり、先に到着していた岡本が朱里のもとへと歩み寄ってきた。

まるで負け戦だとわかっているから、蓮が尻尾を巻いて逃げだしたとでも言いたそうな口ぶりだ。

「ええ、私も緊張していますが、全力で相良社長の期待に応えたいと思っています」

満面の笑みで岡本の嫌みを受け流すと、朱里は早々にプレゼンの準備を済ませ、彼らから離れた席に腰掛けた。

先攻は岡本セントラル開発だ。

おそらく社内の営業の中でも見目が良く、話し方が万人に好まれるタイプの男を選んだのだろう。

プレゼンの開始時刻になると、爽やかな笑みを浮かべた若い男が一人、壇上に向かって歩いて行った。

「どう？　向こうのプレゼンの程は」

「まぁ、並よりは良いですが、上《じょう》とは呼べない程度ってところでしょうか」

小声で尋ねる赤坂に、朱里は至極真面目に答えた。

的確な返しに笑いを堪《こら》える赤坂の向こう側を見れば、岡本は椅子に踏ん反り返りながら、「どうだ、参ったか」と言わんばかりの視線を送り付けてくる。

あとで吠え面をかくことになっても、自業自得よね？

手加減なんか一切しないとつぶやき、朱里はプレゼン交代に向けて資料を手に取った。

「それでは、相良都市開発からの提案をさせていただきます」

壇上に立ってにっこりと微笑むと、朱里は聴衆一人一人に視線を合わせながら話し始めた。

資料はすべて事前に頭の中に入れてきたため、聞き手から視線を外すことなく進行していく。

今回のプレゼンの勝敗は、聴衆一人ずつが持つ票の獲得数によって決められる。

一見フェアな戦いに見えるが、事実上、相良都市開発にとって不利な状況だった。

二社のプレゼンが優劣つけがたい内容だった場合、県知事や県議会議員たちは間違いなく地元企業に投票するだろう。

それは地元企業の活性化という目的もあるが、それ以上に重要な理由として、選挙での支持が挙げられる。

数年に一度、選挙で選び直されることになる彼らは、地元の建設業者との太い繋がりを維持したいに違いない。

そのような裏事情があるため、朱里は政治が絡んだ者たちではなく、一般の入居希望者に注力したプレゼンを心掛けた。

そして自分の決断が間違っていなかったことを、彼らの目の色や、青褪《あおざ》めていく岡本の表情で確信する。

最後に、朱里が清々しい表情で締めの言葉を言い終えると、会場内に盛大な拍手が鳴り響いた。


「いやぁ、アレはすごかった！　伝説が誕生した瞬間だったよ」

プレゼンが終わり、別室にてパソコンのインターネット電話の画面に向かって、臨場感溢れる説明をしているのは赤坂だ。

画面の向こう側にいる蓮は、愉快そうに赤坂の話を聞いている。

朱里はというと、赤坂の説明を聞いている内に居《い》た堪《たま》れなくなり、少し離れたところで二人の会話が終わるのをただひたすらに待っていた。

私情が絡んでいたとはいえ、こうして他人の口から自分の所業を聞いてみると、少し大人げなかったかなと思わなくもない。

蓮に宣言した通り、朱里が岡本率いる岡本セントラル開発を完膚《かんぷ》無きまでに叩き潰《つぶ》したのは、今から一時間前のことだった。

ターゲットを入居希望者に絞ってしまえば、勝利するのは決して難しいことではなかった。

岡本セントラル開発は安い早いを一番に考えているため、顧客のニーズ一つ一つに丁寧に答える能力はない。

さらには、下請けである個人建築事業主らを安価な賃金で雇い入れているため、固有の技術も持ち合わせていなかった。

住宅に使用する材料もまた然《しか》り。

粗悪な断熱材の使用に始まり、地震大国にあるまじき手抜きの基礎工事、多湿な気候に不適当な海外製木材の使用など、欠点を指摘すれば切りが無かった。

だからこそ、朱里はできるだけコストを抑えつつ、自社で使用する材料と他社で多用される材料との性能を比較し、抱えている職人たちの優秀な技術力を説明するだけで事足りたのだ。

もちろん朱里が作ったシステム設計においても、相手方のそれが陳腐《ちんぷ》な提案に聞こえるくらいの歴然とした差を見せつけた。

建築コストこそ岡本セントラル開発の二割増しになってしまったが、どちらがいいかは一目瞭然《いちもくりょうぜん》。

結果として、入居希望者たちの心情を察した県知事や議員たちの多くがこちらに投票し、九割以上の票を得て、相良都市開発が勝利を収めた。

結果が出た時の岡本の顔は見物だった、というのは赤坂の談。

敗北が告げられた瞬間、岡本は真っ青な顔色のまま、数分もの間、完全に動きを止めてしまった。

そして自社の社員に身体を揺さぶられてようやく我に返ると、今度は赤鬼のごとく顔を染め、無言で会場を後にしたのだった。

あれだけ強気の挑発を繰り返しておいて、別れ際に挨拶の一つもできないとは……

朱里は呆《あき》れつつ、岡本の後を追いかける社員たちに憐れみの視線を送った。

その後、赤坂が県知事に対して仮契約書の項目について詰めの作業を行い、今に至るのだった。

『よくやったな、朱里。百二十パーセントの出来だ』

最後に、蓮の手放しの褒め言葉を聞いて電話を切ると、朱里の肩にここ最近の疲れがどっとのしかかる。

健康優良児の朱里としては非常に稀《まれ》なほど、身体が重く感じられた。

「今から戻れば、祝杯を兼ねて蓮が美味しいものを御馳走してくれるよ」

くいくいっと御猪口《おちょこ》を傾けるような仕草をする赤坂に、朱里は眉尻を下げた。

「すみません。ちょっと体調が思わしくないので、今日はこちらに泊まって、明日の朝、東京に戻ることにします」

この状態で一時間以上の移動に耐えるのは得策ではないと判断する。

赤坂に断りを入れてバッグから携帯電話を取り出すと、朱里は駅前のホテルの空き状況を確認し始めた。

「大丈夫？　きついようだったらタクシーで帰るか、レンタカーを借りて俺が運転してもいいけど」

「いえ、この程度なら少し寝れば治ると思いますので」

仕事があるため、翌朝は早起きしなければならないだろう。だが、今晩早く寝れば自然と朝早くに目が覚めるだろうし、明後日はもう週末だ。

少し痛むこめかみを揉《も》みほぐしながらそう告げると、赤坂は心配そうな表情を見せるも、朱里の言い分を受け入れてくれた。

「ちなみにどこのホテルに泊まる予定？」

「そうですね……。あぁ、この駅に直結しているホテルに空きがあるみたいなので、そこにします」

それは駅周辺で一番大きなシティホテルだ。シングルに空きがあるのを確認すると、朱里は手早く予約を済ませ、帰り仕度に取りかかった。

「じゃあ今日はゆっくり休んでね。それでも辛いようだったら無理をせずに蓮に連絡して、明日は休みを取るようにして」

駅の改札前で、念を押すように告げられた赤坂の言葉に、朱里は素直にうなずき返した。

「はい、ありがとうございます。お疲れ様でした」

「うん、お疲れ」

赤坂に別れを告げると、朱里は彼の背が改札の向こうに消えて行くのを見送った。そしてその後、近くのドラッグストアに寄り道をしてから、予約したホテルへと向かった。


「はい？」

ホテルのフロントに到着した直後、朱里は驚きのあまりカウンターに身を乗り出した。

自分が先程予約したのは、ごくごく普通のシングルルームだったはず。

しかしフロントで差し出された鍵はなぜかエグゼクティブルームの物で、さらには「料金はすでにお支払いただいております」とまで言われてしまった。

「あの、人違いじゃないんでしょうか？　同姓同名の方と間違っているとか？」

「いえ、高城朱里様でのご予約は一件だけですので、間違いございません。先程相良様よりお電話がありまして、お部屋の変更を行い、料金もお振込みいただいております」

「うげっ」

蓮の名を聞いた瞬間、朱里は思わずカエルが踏み潰《つぶ》されたような声を上げた。

そして先程、赤坂に対して口止めするのを忘れたことを、今さらながらに後悔する。自宅に戻らない時点でバレるのだろうが、こうも即行で蓮にチクることはないだろうと、赤坂に対する怒りが込み上げる。

とはいえ、料金も支払われているとなれば、いつまでもフロントで駄々《だだ》を捏《こ》ねているわけにもいかず――

朱里は一段と頭が重くなったのを感じながら、しぶしぶ差し出された鍵を受け取った。

そして釈然としない思いのまま、フロント横の自販機でミネラルウォーターを購入し、エレベーターへと乗り込んだ。

「ったく、あのマンションといい、このホテルといい。あの男は一体どれだけ浪費家なのよ」

世の中には、女に貢ぐことを喜びとしている人種もいるとはいうが、おそらく蓮は当てはまらないだろう。

ではなぜ自分に対して、これほどまでの待遇をしてくれるのか。

もしかして、少しは異性としての好意があるのかと思うも、あんな規格外のイケメンが自分にそんな感情を抱くわけがないと、すぐにその考えも否定した。

「とりあえず、今回のプレゼンで勝利したご褒美《ほうび》としておくかな」

勝手にそう結論付け、思い上がるなと自分を叱責《しっせき》すると、足早にエグゼクティブルームへと向かって行った。

「わぁ」

部屋に入るなり、予想以上の広さに朱里は感嘆《かんたん》の声を漏《も》らした。

しかも大きなガラスの円卓の上には、今にもこぼれ落ちそうなくらいびっしりと軽食やオードブル、デザートにフルーツが並べられていた。

考えるまでもなく、これも蓮のオーダーによるものなのだろうが、短時間でこれだけの準備ができたホテル側の対応は賞賛に値する。

朱里は早速、入浴のために浴槽に湯を張り始め、その間に有難くそれを口にすることにした。

軽食でお腹を満たしてから入浴を済ませ、明日に備えて入念に髪を乾かし終えると、ふかふかのベッドにダイブして大の字に寝転がる。

そしてしばしの間、白いクロスが貼られた天井を眺めながら、一日を振り返った。

ベッドの寝心地は最高だし、体調がさらに悪化した時に備えて薬も買ってある。

夜中に空腹を覚えたとしても、食べ物もたくさんある。

何より、ここしばらく打ち込んできた仕事で成果が得られたという達成感で、身体は重いけれど心は軽やかだった。

もうこれ以上考えることは何もないと、ふぅっと深い息を吐いた後、布団の中に身体を滑り込ませた朱里は程無くして、深い眠りへと誘われた。

第九話

温かい。

まるで全身が何かに包まれているような温かさだ。

ここ最近は肌寒くなってきたため、起き掛けはいつも布団の中で手足をすり合わせて暖を取るというのに、この日はどうしてこんなにも温かいのか。

そんな疑問を抱きながらゆっくりと覚醒《かくせい》する朱里は、寝ぼけ眼《まなこ》に映し出された光景に目を疑った。

「んぐっ」

目の前の光景が現実だと認識した瞬間、思わず叫びそうになる口を掌《てのひら》で慌てて塞《ふさ》ぐ。

心臓は口から飛び出てしまいそうなほど、ばくばくと激しい鼓動を繰り返していた。

なっ、何で私の隣に男の人がいるの!?

理由は皆目見当もつかないが、現在、なぜか朱里の目の前には男性のものと思われる鍛えられた胸板があった。

しかも頭の下にも、これまた男性のものと思われる太い腕が枕代わりに敷かれている。

おまけにもう一本の腕は、朱里の背中へと回されていた。

つまりは、眠っている間に男に抱きしめられてしまっていたというわけだ。

何がどうなってこういう事態に至ったのか。

朱里はわずかな隙間の中で身じろぎながら、周囲の状況を確認し始めた。

今いる場所は、昨日寝付いたエグゼクティブルームに間違いない。

そして自分が着用しているのも、部屋に備え付けられていたローブのままだ。

ということは……と、見えない糸をたぐり寄せるように思考を巡らせる。

自分が夢遊病者で、寝ている間に男を引き入れたという線は考えられない。

というか、そんなことをそもそも考えたくもない。

だとすれば、ドアの施錠を忘れて部屋を間違えた客が迷い込んだのだろうか。

自分を抱きしめて眠っているのも、彼女と勘違いしての行動だったとしたら……

きっとこの男の恋人は、朱里に男を寝取られたと思って、この後に恐ろしい修羅場《しゅらば》が待っているに違いない。

そこまで推理して、朱里は背中に嫌な汗が流れるのを感じた。

兎《と》にも角《かく》にも、この人を起こして速やかに状況を確認し、今後の対応を考えなければならない。

そう決意し、男の腕に手を置いて何とか身体を離そうとしたその時、突然頭上からくぐもった笑い声が聞こえてきた。

ちょっと待って、まだ心の準備が……と、うつむいたままで硬直する朱里の耳に、再び男の声が聞こえてきた。

「いつまでそうしているつもりだ？」

「……ん？」

はっきりとした言葉が聞こえた瞬間、朱里の頭の中に閃光が走った。

「まさかっ！」

聞き覚えのある声に、ある可能性に思い至って勢いよく顔を上げる。

そして予想を裏切らない光景を目の当たりにし、へなへなと全身から力が抜けていくのを感じた。

「社長、一体何をやっているんですか。しかも、どうやって部屋に入ってきたんですか……」

ぐっすり眠った後だというのに、疲れ果てて問い掛けた朱里の前には、意地の悪い笑みを浮かべる蓮の姿があった。

「何をやっているとは、愚問だな。答えは見たまんまだ。昨日の夜はだいぶ冷え込んでいたからな」

つまりは寒そうだから温めてやった、とでも言いたいのだろう。しばらく何も言えないで朱里が黙っていると、蓮は構わず喋り続けた。

「このホテルはうちのグループ会社でな。俺がオーナーを兼任している。宿泊客に快適な眠りを提供するのも大事な仕事だろうと思って、昨晩の内にスペアキーを使ってここに来たんだ」

しれっと返した蓮はいまだに朱里を解放する気がないらしく、何とか身体を離して距離を取ろうとする朱里をその腕の中に閉じ込めた。

「寒そうに見えたなら、エアコンでもつけてください。それ以前に、わざわざ出張先にまで来ないでくださいよ。それといい加減、離してもらえませんか？」

「却下だ。俺はまだ寒い。それとまだ寝足りない」

「だ・か・ら、ここに来ないで自宅にいれば、もっと寝ていられたんです！」

「おいおい、心配して来てやったのにずいぶんだな」

不貞腐《ふてくさ》れたような口調ではあるが、目は笑っていて、蓮が本気で怒っているわけではないと証明している。

心配してくれるのは嬉しくないこともない。だが、あまりにやり方を間違っている。そんな蓮に対して、朱里は諭《さと》す言葉など見つからなかった。

「わかりました。心配してくれてありがとうございます。感謝しています。だからさっさとこの手を離して、服を着てください」

早口で捲《まく》し立てると、再び腕に力を込めて蓮の身体を引き剥《は》がしにかかる。

なぜかなんて聞きたくもないが、蓮はただ今、半裸状態だ。

一体いつトレーニングする時間があるのかと聞きたくなるくらい、鍛え上げられた上半身を押し付けられても、色々な意味で心臓に悪いだけだ。

一刻も早くこの状況から逃れようと、朱里は必死で身を捩《よじ》る。

その様子をしばらくの間楽しげに眺めた後、蓮は少しだけ腕の力を緩め、二人の間に拳三個分の隙間を作ることを許した。

「朝から無駄な体力を使うと、一日持たないぞ」

「そう思うなら、さっさと離してください。社長こそ、こんなことをしていたら、いつか警察に捕まりますよ」

「安心しろ、よそではやらないからな」

むしろ、よそでこういう状況を渇望《かつぼう》している数多《あまた》の女性に対してやってほしい。

そんな朱里の思考はどうやら駄々《だだ》漏れだったらしく、蓮は笑みを引っ込めて不服そうな表情を見せた。

「そうあからさまに嫌そうな顔をされると、さすがに俺も傷つくんだがな」

「では、こういう状況を喜べる女性の所へ行ってください。きっと大勢いるでしょうから。その中の一人や二人は、きっと私のように体調が悪くて助けを求めていると思いますよ？　そもそも私は、社長のようにモテ過ぎる男性は遠慮したい方ですので」

余計な一言を付け加えてしまったのは、思いがけず過去の嫌な記憶が蘇《よみがえ》ったからだ。

高校時代に朱里が生まれて初めて付き合った彼氏もまた、蓮ほどではないが女性からモテる男だった。

入学してまもなく委員会で一緒になった、一つ年上の先輩から告白されて、彼に憧れを抱いていた朱里がそれを承諾したのが交際のきっかけだ。

だが初々しい男女交際を楽しんでいられたのは最初の一週間程度で、その後は女子たちからのやっかみを受け、淡い恋心など急速にしぼんでいってしまった。

それがアメリカ留学を決意させた一つの要因であったといっても、過言ではない。

だからこそモテ過ぎる男は遠慮したいというのが紛《まぎ》れもない本音だ。何よりここまで規格外の男は自分の手に負えるはずもないと力強く主張する。

朱里の本気の訴えを受け、蓮はしばらくうつむき加減で黙り込む。しかし、再び顔を上げると同時に朱里の顎に手を掛け、自分の方へと顔を向けさせた。

無理やり顔を上げさせられた朱里は、蓮を睨《にら》みつけるも、突然真面目な表情になった彼を見てふっと息を詰めた。

「俺が並の容姿だったら、付き合ってもいいと思うのか？」

何を馬鹿な質問をしているんですかと笑い飛ばしたかったが、蓮の真剣な瞳がそれを許さず、朱里は頭の中でその問いの答えを探した。

何度か自分に問い直してみるが、出てくる答えは一つだけだった。

「もしそうだとしたら、今の社長とは別人になるので、社長と付き合うというのとは違うと思いますけど」

答えはイエスかノーのどちらかで返ってくると思っていたのだろう。蓮は一瞬不意を突かれたような顔をした後、いきなり大爆笑を始めた。

その姿に、呆気《あっけ》にとられたのは朱里の方だった。

まるで赤坂のように笑い続ける蓮を見て、朱里は口を尖らせる。するとようやく笑いを収めた蓮は、朱里をどきっとさせるような綺麗な笑みを見せた。

「今の俺で勝負しろって意味だと受け取っておく」

「ちょ……」

自分の言葉をひどく曲解されたような気がして、抗議をしようとした時。

蓮にぽんと背中を叩かれ、挙句《あげく》の果てに額にキスまで落とされてしまい、朱里の頭の中が一気に真っ白になる。

自分の行動に満足したのか、それとも朱里の動揺した様子を見て良しとしたのか。蓮はようやく朱里を解放して先に布団から出ると、タオルを手に浴室へと向かって行った。

　一方、朱里はしばらく固まったまま、シャワーを浴びて戻ってきた蓮に声を掛けられるまで、ベッドから起き上がることもできなかった。

　そんなこんなで、朱里がようやく蓮の愛車に乗り込んで会社に到着した時には、すでに重役出勤と呼ぶべき時間になっていた。

　会社ビルの地下駐車場で、周囲の視線を恐れる余り、別々にビル内に入ろうと進言する朱里に対し、蓮は黒い笑みを浮かべて言い切った。

「外堀も内堀も、全部丸々埋めてやるから覚悟しろ」

　形のいい唇から、悪い予感しかしない宣言が飛び出す。その直後、朱里は引きずられるようにしての出勤を余儀なくされた。

　そして一ヶ月後、この時なぜもっと必死で抵抗しておかなかったのかと、激しく後悔する羽目になるのだった。

第十話

　ああ、やっぱりこうなるのね。

　目をギラギラさせて、剥《む》き出しの嫉妬《しっと》オーラを向けてくる女性三人に囲まれ、朱里は思わず遠い目をしてしまう。

免疫《めんえき》があるためか、精神的な衝撃は少なかったが、せめて場所は選んでほしかった。

そう切実に思う朱里が今いる場所は、社内の購買コーナーの目の前だった。

この日、朱里は朝から社内工事の立ち会いを行っていて、昼休憩に入るのが食堂の閉店時間ギリギリになってしまった。

そのため、購買で昼食を買うことに決めたまではよかったのだが、わずかに残っていたパンを選んでいたその時、彼女たちに声をかけられたのだ。

「室長だか何だか知らないけど、職権濫用《しょっけんらんよう》して社長に媚《こ》びないでよね」

「そうよ！　社長の車で出勤するなんて、図々しいにも程があるわ」

「しかもランチもほとんど毎日奢《おご》ってもらうなんて、一体どういう神経をしているのかしら？」

彼女たちの口から次々に放たれる罵声《ばせい》を浴びながら、朱里は怒るよりも呆《あき》れるしかなかった。

蓮の傍にいる時間が長いことも、一緒に出勤したことも、食事を奢ってもらったことも事実だが、どれも自分が強請《ねだ》ったわけではない。

言い掛かりに他ならない言葉を投げつけられ、苦笑いが込み上げてくる。

しかし、ここで笑顔の一つでも見せてしまえば火に油を注ぐようなものだと、朱里は努めて冷静な表情で答えた。

「皆様の言い分はよくわかりました。ですが、いつまでもここで話していては他の社員の迷惑になりますし、午後の業務に支障が出ると思いますので、この辺で失礼させていただきます」

着ている服を見る限り、彼女たちが事務職であることがわかる。

朱里は立ち会いが長引いたために昼休憩がずれ込んでいたが、ほぼ定時通りに業務を進行する彼女たちは、あと十分もすれば昼休憩が終わるはずだ。

自分への嫉妬《しっと》心を、仕事をサボるための言い訳にされては困ると、朱里は強めの口調で言い放つ。

怯《ひる》まず真っすぐ立ち向かってくる朱里に、女性たちは顔を真っ赤にして言葉を荒らげた。

「何よ、余裕ぶって。あんたなんて、数いる女の内の一人にすぎないんだから」

「そうよ！　自分だけが特別だと思わないでちょうだい!!」

「すぐに捨てられて、泣くことになるんだから」

三人が揃いも揃って、安っぽいドラマで見るようなフレーズを投げつけてくるのを聞きながら、朱里の眉がぴくりと動いた。

そのセリフで、ここ最近地味な嫌がらせをしてきた犯人が彼女たちだと確信する。

嫌がらせというのは、ここ数日の間に連続して朱里のもとへ届けられている社内郵便のことで、封筒の中には決まって数十枚の写真が入っていた。

そこに写っているのはすべて、蓮と見知らぬ女性の姿だった。

それを送ってきた理由はおそらく、嫉妬心を煽《あお》って蓮と仲違《なかたが》いさせるため、もしくは朱里に身を引かせるためだろう。

だが、写真を見た朱里が抱いた感想は、彼女たちの意図とはかけ離れたものだった。

これだけ盗撮されて気が付かないなんて、社長ってもしかして鈍感なのだろうか。

それにしても、こんなに綺麗な女性を侍《はべ》らせておきながら、ニコリともしないところはある意味すごい。

というか、こんな写真を数十枚も撮ろうとする根性もすごい。

朱里がそんなことを考えていたと知れば、彼女たちはさぞや悔しさと羞恥《しゅうち》で怒り狂うことだろう。

現に今も、朱里が黙っていることが不服なようで、リーダー格と思われる女が甲高い声で怒鳴り散らした。

「ちょっと！　無視してないで、何か言ったらどうなの！」

メドゥーサを彷彿《ほうふつ》とさせる形相《ぎょうそう》を前に、朱里が一瞬対応を躊躇《ためら》ったその時――

「あなたたち、いい加減にしなさい！」

背後から、彼女たちをぴしゃりと叱りつける凛《りん》とした声が響いた。

「摩耶《まや》さん!?」

声の主を見た瞬間、女性たちの顔色が一瞬で青褪《あおざ》める。

遅れてうしろを振り向いた朱里の目に飛び込んできたのは、同性でも思わず見惚《みと》れてしまうほどの規格外の美人だった。

フェロモンを撒き散らしているかのようなダイナマイトボディを持つ長身の美人に、朱里はごくりと喉を鳴らす。

あれ？　この人、どこかで見たことがある？

その女性の姿に見覚えがある気がして、記憶の糸を必死にたぐり寄せる。

すると程無くして、嫌がらせで送られてきた写真の中で、登場回数が極端に多かった女性であることに気付いた。

「あなたたち、一体ここで何をしているのかしら？　もうすぐ午後の業務開始時間でしょう？」

「すっ、すみません」

威圧感たっぷりの綺麗な笑みを向けられた女性たちは、勢いよく頭を下げて立ち去ろうとする。

しかしそんな彼女たちに向けて、摩耶はさらに辛辣《しんらつ》な言葉を投げつけた。

「高城さんは蓮が引き抜いてきた大事な人材なの。それを女の醜い嫉妬心《しっと》で潰《つぶ》そうとしたなんて、蓮にバレたら大目玉よ。まぁ、彼女は告げ口なんてしないだろうし、私も今回だけは目をつぶるけど、二度目はないわ。いいわね？」

「はっ、はい」

背筋を伸ばして返事をすると、女性たちは今度こそ逃げるようにその場を後にする。

その変わり身の早さに朱里は唖然《あぜん》とし、しばらく開いた口が塞《ふさ》がらなかった。

「ごめんなさいね。うちの部下が面倒をかけてしまって」

ぺこりと頭を下げる彼女は、どうやら先程の三人の上司のようで、謝罪を受けた朱里は勢いよく手を左右に振った。

「いえ、むしろ助けていただいてありがとうございました。それと、私ごときが社長との仲を誤解されてしまい、申し訳ありませんでした」

彼女たちの対応とあの写真、そして蓮を名前呼びしていることからして、摩耶こそ蓮の恋人なのだろう。

そう推察し、朱里は胸にちくりとした痛みを感じながらも、それを必死で押し隠して謝罪する。すると摩耶は一瞬目を丸くした後、ゆっくりと口角を上げていった。

「高城さん、朱里ちゃんと呼んでもいいかしら？　さっきのお詫びと言ってはなんだけど、これから外に食事にでも行かない？　お昼まだでしょう？」

「はい。あっ、いえ、でも時間が……」

お詫びを受ける理由はないし、これから外出していては午後の仕事に間に合わなくなってしまう。

しどろもどろになりながらも断ろうとすると、摩耶は朱里の腕を掴《つか》んでくいっと引っ張った。

「ちょうどこれから、蓮と赤坂君と一緒に外で打ち合わせをすることになっているの。蓮には連絡を入れておくし、さっきの子たちに潰された分の休憩時間は、二倍にして延長OKよ。だから一緒に行きましょう」

「はぁ」

夫婦は似てくるものだとよく言うが、恋人にもそれは当てはまるのだろうか。

摩耶の強引さに朱里は既視感を覚えつつ、手を引かれるままに連行されて行った。


「朱里ちゃん、うちでの仕事にはもう慣れた？」

「はい。最初は戸惑うことも多かったんですが、最近はだいぶ慣れました」

「それはよかったわ。じゃあ、上司としての蓮はどう？」

会社近くのカジュアルイタリアンレストランでパスタを頬張っていた朱里は、向かいに座る摩耶の質問に、危うく口に含んでいた物を喉に詰まらせそうになる。

「社長についてですか？　えっと、采配《さいはい》が的確で、尊敬できる上司だと思っています」

「そう、じゃあ仕事以外の部分での評価は？」

「仕事以外、ですか？　そうですねぇ。最初は何なの、この俺様はっ！　と思っていましたが、最近は結構いいところもあるかもって思ってます」

思わず正直に答えてしまったが、摩耶が表情を歪《ゆが》めたのを見て、さすがに自分の彼氏をこんな風に言われるのは嫌だろうなと思い直す。

「すみません。こんな言い方をされたら、気分が悪いですよね。でも私、相良社長の恋人になる人って一体どんな女性なんだろうって思っていたので、摩耶さんを見てすごく納得しました」

やっぱり彼の恋人になるのはそれ相応の女性なのだと実感し、自惚《うぬぼ》れるなと自分を戒《いまし》めたことは正解だったと思い知る。

無意識に唇を噛《か》みしめる朱里の前で、摩耶は笑みを浮かべながら口を開いた。

「さっきも思ったんだけど、もしかして私のことを蓮の彼女だと思ってるの？」

「へ？　そうなんですよね？」

噛み合わない会話を交わす二人の間には、しばしの沈黙が流れ――

「ったく、何をやっているのよ」

朱里の耳にかろうじて届く程の小声でつぶやくと、摩耶は気を取り直したような笑顔で再び朱里に問い掛けてきた。

「朱里ちゃんって、蓮のマンションの続き部屋に住んでいて、手料理も食べさせてあげているんでしょう？　で、普段の蓮ってどんな感じに見える？」

まさか蓮の彼女だと信じて疑わない相手に、そこまで色々なことがバレているとは思わず、朱里は一瞬答えに詰まった。

よほどお互いを信頼し合っているのか、それともさばさばした付き合い方をしているのか。

どちらにせよ勘ぐるのも無粋《ぶすい》だなと思い、朱里は正直に答えた。

「普段より喜怒哀楽は表に出やすくなると思いますが、それ以外は仕事と変わりません。あっ、でも最近は嫌がらせをされることが多くなってきたような気がします」

「嫌がらせ？　例えばどんな？」

「この前、夕食にオムライスを作ったんですけど……」

説明しながらその時の光景を思い出し、朱里の表情が段々と苦々しいものに変わっていく。

一緒に食事を取ると言っても、性別の違いや燃費の問題もあって、朱里が食べる量は蓮の半分程度がせいぜいだ。

そのため、オムライスは大きい物と小さい物の二つを用意し、念のために自分の食べる小さい方にケチャップでハートマークを描いておいた。

だが、朱里が席を外している間にキッチンに現れた蓮が食べ始めたのは、その小さい方のオムライスだった。

「夜に大きなオムライスの方を私に食べさせようとするなんて、太らせようっていう嫌がらせですよね？」

「………」

摩耶に同意を求めてみるも、なぜか彼女は無言のまま頬を引きつらせている。

「結局、半分は残したんですけど、翌日に食べようと思って冷蔵庫から取り出したら、でかでかとケチャップでハートマークが描かれてあったんです。あれは絶対、新手の嫌がらせですよ」

「そっ、そうなの」

そう言ったきり、摩耶はただ曖昧《あいまい》な笑みを見せた。

しかし、朱里はその表情の意味するところを察することなく、さらなる暴露を続けていく。

「あと、あれもあったな。最近寒くなってきたと思っていたら、寝ている間に人のベッドの中に勝手に入ってくるようになったんです。あれ、すごく心臓に悪いんですよ」

抗議をしてみても、「湯たんぽ代わりになってやる」とか、「男がベッドに忍び込んでも気付かないお前には女として問題があるから特訓してやる」とか、返って来たのはまったく有難くない提案ばかりだった。

「いい加減困り果てて、この前、寝室に鍵を掛けて侵入を阻《はば》んだんです。そしたら部屋の前で毛布に包まって座り込んでいて。その上、俺が風邪を引いたらお前のせいだとか、小一時間も文句を言われ続けたんです」

「………」

ふつふつと湧き上がってくる怒りにまかせて、次から次へと蓮に対する文句を口にする。そして思い浮かんだことの全てを言い終えたその時、朱里はようやく摩耶の表情の変化に気付いて我に返った。

嘘は何一つ吐いていないとはいえ、蓮の彼女に「お宅の彼氏がベッドに忍び込んで来て困るの」といった類《たぐい》のセリフを言ってしまうなんて、明らかな失態だ。

これでは嫉妬《しっと》に燃える女の腹いせに他ならず、先程まで自分に言いがかりをつけてきた女性たちと同類になってしまう。

そう思い、自分の所業を後悔しながら摩耶の様子を窺《うかが》えば、彼女は美人が台無しと思えるほど大口を開けてフリーズしていた。

「まっ、摩耶さん？」

さすがにこんな彼女を、人目につく場所でいつまでもさらしておくことはできず——

朱里が心配して声を掛けた瞬間、摩耶は突然腹を抱えてテーブルに突っ伏した。

最初は急な腹痛に襲われたのかと心配したが、摩耶の肩が小刻みに震えていることに気付き、もしかして泣いているのかもしれないと慌てて声を掛ける。

「馬鹿なことを言って、すみませんでした。でも全部ただの悪戯《いたずら》だと思うので、心配しないでください。あっ、そうだ。あとで社長に言って引っ越しを……」

「んなもん、誰が許可するか」

「え？」

突然背後から聞こえてきた不機嫌な声に、朱里はびくっと身体を仰《の》け反《ぞ》らせた。

そろそろとうしろを振り返れば、仁王立ちする蓮の姿と、その隣で摩耶と同じように腹を抱えて蹲《うずくま》っている赤坂の姿が視界に入った。

「あら、予想以上に早かったわね。よっぽど朱里ちゃんにメロメロなのね」

摩耶が立ち上がって蓮の耳元に小声でささやく。途端、蓮の眉間《みけん》にぐっと皺《しわ》が寄せられた。

すると、不機嫌さを丸出しにする蓮を見て、朱里はこの場が修羅場《しゅらば》になるのではないかと危ぶみ、口火を切った。

「社長、誤解なんです。私は社長の彼女を苛《いじ》めていたわけじゃないんです！」

「……」

突然朱里の口から飛び出した叫びに、三人は揃って押し黙る。

ほんの数秒の沈黙が流れた後、摩耶と赤坂は顔を見合わせて笑い出し、蓮は眉間を指で揉《も》みほぐしながら朱里に向けて低い声で言い放った。

「お前は大きな勘違いをしている。摩耶は俺の彼女じゃなくて、妹だ」

「……いっ、妹？　うえぇぇ!?」

思いもよらない事実を告げられ、朱里は奇妙な呻《うめ》き声を上げた。

驚愕《きょうがく》する朱里に向けて、摩耶は綺麗に一礼して見せた。

「初めまして、相良摩耶です。正真正銘、蓮とは血の繋がった妹です」

自己紹介を受けて、朱里は今の今まで彼女の苗字を聞いていなかったことに気付く。

同時に、既視感を覚えた理由に納得した。

規格外の容姿に、強引な性格というのは血の繋がり故のもので、これが遺伝子の力かと、神秘の力を再認識させられた。

「色々と面倒だから、会社では母の旧姓を名乗っているの。血縁だとバレない方が、お互いに虫除けになっていいしね」

「わかったか？」

朱里の頭に手を乗せながら、蓮が確認するように問いかける。すると朱里は壊れた人形のように、こくこくとうなずき返した。そして誤解が解けたところでようやく四人が揃って着席し、遅めの昼食と相成った。

＊＊＊

「いやぁ、鈍感もあそこまでいくと、まさに天然記念物って感じだよね」

「それは異論がないけど、私はお兄ちゃんのヘタレエピソードの数々に涙が出たわ」

親しい者の前でしか口にしない呼称を使い、摩耶は遠慮なしに兄を揶揄《やゆ》する。

摩耶と赤坂が盛り上がっている間、蓮はぶすっとした表情で頬杖《ほおづえ》をついていた。

現在、もう一人の話題の中心人物である朱里は傍にはいない。

全員分のデザートを選ぶために、色とりどりのケーキやタルトが並ぶショーケースの前で唸《うな》り声を上げていた。

甘さ控えめがいいとか、フルーツたっぷりがいいとか、生クリームは苦手だとか。勝手気ままに注文をつけた三人の要望に見合うデザートを選択しようと熟考しているようで、まだ帰ってくる気配はない。

朱里がいないのをいいことに、二人は心置きなく蓮をいじり倒していた。

「うるさい。ヘタレ呼ばわりされる謂《いわ》れはない」

「確かに。亀の行進並の速度でも、これで結構アプローチはしているみたいだよ」

「えっ、どんなどんな？」

ウキウキ気分で問いかける摩耶に、蓮はだんまりを決め込み、代わりに赤坂が意気揚々と答えた。

「例えば真っ赤な薔薇《ばら》の花束をプレゼントしようと思って抱えて帰ったら、『薔薇風呂に入るんですか？　社長には似合うと思いますけど、棘《とげ》には気を付けてくださいね』って心配してもらったみたい」

「ぶっ、薔薇を選択したベタさにも驚きだけど、それにしたって朱里ちゃんの答えが面白すぎる」

朱里の中で蓮がどれだけナルシスト男だと思われているのかと、摩耶は肩を震わせながら兄に憐れみの視線を送る。

「他にもめげずに頑張ったらしいよ？　指輪を氷の中に閉じ込めて、スパークリングワインが入ったグラスに入れて渡したりとか……くくっ」

そう証言する赤坂の肩は小刻みに震えていた。

彼の説明に、まるで一昔前のドラマで見たような光景ではないかと思い、摩耶も思わず口元に手を当てた。

「そしたらさ、『指輪を凍らせるなんて、不注意にも程があります』って説教されて、『気付かずに飲んだらどうするんですか!?　いくら返してほしいって言われても、トイレで指輪を探すなんて絶対に嫌ですからね！』って激怒されたんだって」

「あはははは っ」

赤坂の臨場感たっぷりのものまねと、蓮にとってあまりに不憫《ふびん》すぎるエピソードを聞かされ、摩耶は耐えかねて噴き出した。

蓮と朱里の双方からの太いパイプを持つ赤坂の情報網は半端ではなく、摩耶はハンカチで涙を拭きながら蓮に向かって言い放つ。

「ほんと、超ド級の天然ちゃんなのね。ご愁傷様《しゅうしょうさま》」

「朱里ちゃんとしては、まさか蓮に好意を寄せられているなんて、微塵《みじん》も思っていないんだろうね」

好きな子を苛《いじ》めてしまう蓮の小学生男子並みの行動にも問題があるとはいえ、仕事ではあんなに優秀な朱里が、なぜこうも自分へのアプローチに鈍感でいられるのか。

摩耶と赤坂は、思わず痛い子を見るような視線を朱里の背中に送ってしまう。

「お兄ちゃんの行動が、いちいちまどろっこしいのが駄目なんじゃない？」

「十二分に直球だ。これ以上どうしろっていうんだ」

そもそも女性にアプローチをした経験など皆無な彼にとっては、これ以上ない直球勝負で挑んでいるのだろう。

「仕事ができて可愛くて、性格も素直で物欲がない。そんな相手じゃ、他の男が放っておかないいんじゃない？　腕の中に抱えて守っているつもりで、いざ美味しくいただこうとしたら、実は脱皮していてもぬけの殻……なんてことがないようにしなさいよ」

「言えてるね。背中で守っていたつもりが、振り返ったらがら空きで、背後から近づいてきていた狼にぱくっと持っていかれたとかね？」

「お前ら……」

二人の容赦《ようしゃ》ない叱咤《しった》激励《げきれい》（？）の数々に、蓮は深い溜息を吐いた。

何にせよ相手が特殊すぎる。アプローチの定石といえる行動をとっても、見事にスルーしていく女なのだ。

摩耶が同情をにじませた視線を送る先で、蓮は疲れたように言い放つ。

「あと何をすれば、あの阿呆は気が付くんだ」

悲痛とも取れるつぶやきに、摩耶は傍観者の顔を引っ込め、まじまじと蓮の顔を覗《のぞ》き込んだ。

生まれてこの方、どんな時であっても自信満々で問題に立ち向かい勝利を収めてきた兄が、まさか恋愛においてこんな表情を見せるなんて思ってもみなかった。

三十路《みそじ》を過ぎてようやく訪れた青春ならば、妹としては協力したいと思う。

それに先程の様子では、朱里も蓮のことを憎からず思っているように見えた。

つまり、必要なのは現状を打破できるだけの大胆な行動なのだと、摩耶は力強く言い放つ。

「そんなの簡単よ。抱え込むんじゃなくて、丸呑みしちゃえばいいのよ」

「丸呑み？」

「そう。腕の中に抱え込んでも心配が絶えないような相手なら、丸呑みしてお腹の中に入れちゃえばいいのよ。お兄ちゃん相手に、腹を切り裂いて奪おうとする男なんて滅多にいないでしょうし」

真意をオブラートに包んだたとえ話だったが、蓮は摩耶の言わんとすることの意味を熟慮《じゅくりょ》している様子で顎《あご》に手を当てた。

アドバイスを元に、具体的にどのような行動を起こすべきかを考えているのだろう。

そんな蓮の様子を摩耶が横目で見ていると、赤坂が耳元にこっそりとささやいてくる。

「いいの？　あいつあれで結構単純だから、きっと本気で丸呑みするよ？」

一応蓮や朱里を心配している体《てい》の発言に聞こえるも、赤坂が本気で二人を心配しているわけではないことは見え見えだった。

「たった一人のお兄ちゃんにはぜひとも幸せになって欲しいし。それに年齢的にも性格的にも妹って感じだけど、朱里ちゃんがお義姉《ねえ》さんになってくれたら嬉しいし」

悪びれずそう言った摩耶は、にやりと笑った。

「なら仕様がないね」

「ええ、仕様がないわ」

あははは、うふふふと悪魔のような笑みを浮かべる二人は、見事な連携プレイを見せ、悩める敏腕社長へのあまりに極端すぎる助言を開始した。

一方、ようやく全員分のケーキを決めた朱里は、店内で自分をターゲットにした恐ろしい丸呑み大作戦の会議が開催されているとは、夢にも思っていなかった。

第十一話

朱里が相良都市開発に異動してから、約三ヶ月経過した頃。

「朱里、今日の夜飯《よるめし》は外で食うぞ」

業務を終える少し前、情報セキュリティ推進室のフロアに入ってきた蓮はそう言い残し、すぐさまドアを閉めて社長室へと戻って行く。

仕事の伝達事項を告げるような体《てい》でプライベートな話をしていった蓮に、最近朱里の部下として配属された新入社員の右京《うきょう》は目を丸くした。

「右京君、ぼぉっとしてないで手を動かす」

「すみません。社長ってあんな話し方をされるんだなって、びっくりしてしまって」

蓮の崇拝者《すうはいしゃ》は女性だけとは限らないらしいと、彼の本性を知る朱里は込み上げる笑いを噛《か》み殺した。

「さっきのが本性だと思っていた方が今後のためよ」

「はい……」

楽しげに忠告しながらも、朱里の指はリズミカルにキーボードを叩き続ける。

右京はそんな朱里をじっと見つめ、ここ最近ずっと疑問に思っていたことを口にした。

「朱里さんは社長の恋人なんですか？」

「はぁ？　んなわけないじゃん」

さすがにその質問は聞き捨てならない。

朱里はしばらくぶりにパソコンモニタから目を離すと、右京に怪訝《けげん》な顔を向けた。

自分を思い上がらせるようなこの手の発言は、ごめんこうむりたい。

そう思い、思わず厳しい表情を浮かべた朱里に、右京は慌てて問いの根拠となる内容を白状する。

「いや、今、社長が普通に夕食に誘っていたので、……つい……」

「ああ、あれもいつものこと。弁護士の赤坂さんも一緒にっていうことが多いけどね。事前に予告された今日はまだマシな方で、ひどい時には無言で拉致《らち》られることもあるわ」

「何か……、すごいですね」

朱里は蓮の行動の非常識さに右京が共感してくれたのだと思い、くすっと声に出して笑った。

「あの態度はいただけないけど、店のチョイスは完璧よ。右京君も仕事を頑張っていれば、誘われるかもね」

「本当ですか⁉」

「うん。ここに配属されてくる人が少ない今がチャンスでしょ。頑張りなさい」

「はいっ」

俄然《がぜん》やる気が出てきた様子でパソコンに向き直り、右京はがむしゃらにタイピングを始める。

その様子を眺めながら、朱里は自分の部下が単純な性格でよかったと安堵《あんど》した。

名前呼びといい、社内でプライベートなお誘いをすることといい、口を酸っぱくして禁止してきたことを、あの俺様社長はことごとく実行する。

朱里は、誰か彼に常識というものを教えてやってくれないかと心底願った。

だが、そんな願いも虚しく、それから一時間も経たない内に蓮は再び姿を現した。

そしてこの日もやはり、拉致同然の勢いで連行されてしまったのだった。

「社長……、ここですか？」

「ああ」

ぽかんとした表情で朱里が見つめているのは、都内で三本の指に入る有名な高級ホテルのスイートルームだ。

このホテルで夕飯を、というだけでも何かの罠かと驚いたのに……レストランではなくスイートルームに通されてしまい、夢でも見ているのではないかと頬をつねる。

だが、頬から伝わる痛みは、これが現実であることを否応なしに証明していた。

テーブルの上には所狭しと料理が並べられていて、以前に出張先のシティホテルで出されたものとは比較にならない豪華さだった。

フランス料理のフルコースと、シャンパン、ワインのボトルまでもが何本も置かれている。

その上、「ウエディングケーキかっ！」と突っ込みたくなるようなデザートもあった。

「社長、もしかして仕事のし過ぎでおかしくなっちゃったんですか？」

思わず口をついて出た本音に、蓮ははぁっと溜息を吐く。

「お前も大概失礼な奴だな」

「す、すみません」

確かに、自分の給料では一生こんな贅沢《ぜいたく》はできないだろうという光景を見せてくれた相手への言葉としては、あまりに失礼だったかもしれない。

そう思った朱里は、即座に謝罪する。

その謝罪を笑って受け取ると、蓮は二つのグラスにシャンパンを注ぎ入れ、その片方を朱里へと差し出した。

「今日は俺の誕生日だ。そんな日くらい、穏やかに過ごしても罰《ばち》は当たらないだろう？」

「え!? そうなんですか？ じゃあ私だけじゃなくて、摩耶さんとか赤坂さんを呼んだ方が良かったんじゃ……」

祝い事は大人数の方がいいだろうと思っての気遣いだったが、どうやらそれは間違いだったらしい。

途端に表情の厳しくなった蓮を見て、朱里は肩をすくめた。

「お前、俺を一体いくつだと思ってる？」

「……そうですよね」

確かに、大勢に誕生日会をやってもらって喜ぶような年齢ではないだろう。

でも、お子様ランチを作った時には、あんなに喜んでいたではないか。

思わずそう突っ込みを入れそうになる。

しかし、これ以上機嫌を損ねてせっかくの食事を無駄にしたくはないので、朱里は寸前で言葉を呑み込んだ。

「でも私、社長の誕生日なのにプレゼントを用意してなくて……」

今知ったのだから仕方がないといえばそうだが、相手の誕生日にこんな豪華な食事を奢《おご》ってもらうなんて、人としても部下としても問題ではないだろうか。

へにょりと眉をハの字に曲げた朱里に、蓮は予想もしなかった答えを返した。

「気に病む必要はない。それはきちんともらうつもりだからな」

「もらう？」

何を？　と聞こうとした朱里の目に飛び込んできたのは、にやりと笑う蓮の顔だった。

こういう笑みを見せられた時はいつも、多大なる敗北感を味わわされた。

そのことを思い起こし、朱里は身体を硬くする。

「ちなみに、それは私のお給料でも買える額の物ですよね？」

蓮の口ぶりから推察する限り、すでにプレゼントには目星をつけているに違いない。

そしてこの男に見合う物が安物であるはずがない。

相応の出費を覚悟して問いかけた朱里に対し、蓮は即答した。

「それは問題ない。だが今はそれよりも、冷めないうちにこれを食うぞ。せっかくの料理がもったいないからな」

「了解です」

同意を示した朱里は、とりあえず先程の会話を頭の隅に追いやり、目の前の食事に集中することにした。

「ふぅ、お腹一杯」

テーブル一杯に並べられていた料理の大半を平らげ、朱里は中年オヤジさながらにお腹をさする。

色気がないと怒られるかと思いきや、意外にも蓮は上機嫌そうだった。

「いい誕生日だな」

つぶやかれた言葉に、朱里はまるでコントのように椅子から転げ落ちそうになる。

「ど、どこがですか!?」

「一つは、お前が旨そうに夕食を食べる顔を見られたことだ。これほど奢《おご》り甲斐のある女は、そうそういないだろう？」

それは本当に褒め言葉なのだろうか。

訝《いぶか》しむ朱里の目の前で、蓮はおもむろにポケットから小箱を取り出した。

中身は何かと目を凝《こ》らすと、蓮は蓋を開いて中の指輪を披露《ひろう》する。

「それと、これが間に合った。お前の勘違いのおかげで、刻印も入れられたしな」

蓮は呆気《あっけ》に取られている朱里の手を取ると、左手薬指にすっとその指輪を通した。

「……これって、私にだったんですか!?」

よく見てみれば、それは以前シャンパングラスに入っていた指輪だ。

いくら何でも、誤って製氷機に指輪を落とすなんて有り得ないとは思っていた。

けれど、この指輪をはめた女性を想像するのが嫌で、ずっと考えないようにしてきたのだ。

朱里はこの段になってようやく、あれが自分に指輪を渡すための演出だったのだと理解した。

でも、なぜ自分に指輪をくれるのか。

肝心な部分については臆病な気持ちが壁を作り、なかなか解に辿《たど》りつけない。

そんな朱里に向けて、蓮はテーブル中央にある花瓶にくくり付けられていたリボンを解きながら話を続けた。

「あともう一つ」

「ん？」

言いながら蓮は朱里の右手首を捕まえ、手早くそこに赤いリボンを巻き付ける。

「一番欲しかったモノをもらうんだ。いいどころか、最高の誕生日だろ？」

満面の笑みで問いかけられ、言葉の意味を理解していない状況にもかかわらず、朱里は思わずうなずきそうになってしまった。

「えっと……、どうしてこんなことになっているんでしょうかね？」

気付けば、朱里はなぜかキングサイズのベッドに仰向けに寝転んでいた。

そして彼女の上には規格外のイケメンが一人、情欲の火を灯した瞳で朱里を見下ろしていた。

「好き同士の男女がホテルにいるんだ。やることは一つだろう？」

「すっ、好き同士って!?」

この男を好きだと言った覚えもなければ、言われた覚えもない。

素《す》っ頓狂《とんきょう》な悲鳴を上げる朱里に向けて、蓮は諭すように語りかけた。

「俺は今まで女に指輪を贈ったこともなければ、誕生日にホテルに来たこともない」

「はぁ」

それはすべて相手に未来を期待させる行為になるからだと告白する蓮に、朱里は間の抜けた返事しかできなかった。

その反応に、蓮は「どこまでも鈍感な奴だ」と喉を鳴らすと、そのまま朱里の耳元に唇を寄せる。

「つまり、お前は俺が唯一本気で惚《ほ》れた女だってことだ。わかったか？」

殺傷能力抜群のバリトンボイスでのささやきに、朱里は背中に微電流が駆け巡ったような気さえした。

だが、ここで白旗を上げるわけにはいかないと、歯を食いしばって抵抗する。

「でも私の気持ちは……」

「俺がお前にこれだけ惚れているのに、お前は違うだなんて言わせない」

自分の想いがイコール相手の想い、という根拠のない確信を披露《ひろう》され、朱里は返す言葉が見つからなかった。

一歩間違えればストーカー街道まっしぐらの危険な発言も、この男になら言われたいと思う女性はごまんといるのだろう。

そして自分も、例外ではなかった。

「ついでに言えば、お前は何とも思っていない男に、添い寝を許すような女じゃない。食事を作るのだって、毎回嫌々やっているわけじゃないだろう?」

「…………」

蓮の指摘に痛いところを突かれたと、朱里はあからさまに顔を歪《ゆが》めた。

言われる通り、いつの間にかこの傍若無人《ぼうじゃくぶじん》な男を受け入れている自覚はあった。

同居を解消することになれば、寂しくないと言い切れる自信もない。

散々自分の気持ちや彼の好意を否定してきたのは、傷つきたくないという思いが強かったからだ。

その恐怖こそ、彼のことを想い始めていた証だとは気付かなかった。

最後の砦《とりで》を崩された朱里の思考を正確に読み取り、蓮はさらに畳み掛ける。

「おまえのパーソナルスペースはもう俺の腕の中だ。諦めろ」

「ちょ、まっ……んんっ」

顔の両隣に手を突かれては、近づいてくる端整《たんせい》な顔を避けることなどできず――

抵抗の言葉を発する前に、二人の唇が重なり合う。

しかし、その柔らかな感触を味わえたのはほんの一瞬だった。わずかに開かれた唇の隙間から、すぐさま蓮の舌が侵入し、朱里のそれを絡め取って吸い上げていく。

口付けのあまりの激しさに、朱里は思わず蓮のシャツを掴《つか》みながらびくびくっと身体を震わせる。

思う存分口付けを堪能した後、蓮は朱里の唇の端からこぼれ落ちた唾液を舌先で掬《すく》い取り、ようやく唇を離した。

「俺はお前を離さない。一生傍で公私共に支えてもらうつもりだから安心しろ」

潤んだ瞳の朱里を満足げに見下ろしながら、蓮はそう宣言した。

普通、そこは「覚悟しろ」と言うべきではないだろうか。

言い回しのおかしさに、朱里は自分の置かれている状況を忘れてくすくすと笑い出す。

「俺の傍にいる限り、他の男との結婚はおろか、付き合うことすらできないんだ。俺と添い遂げるしか選択肢がないことくらい、頭のいいお前ならわかるだろう？」

どこの世界に、こんな極上の男からベッドの上で脅迫される女がいるだろうか。

朱里は呆《あき》れと喜びが混在した心境で答えた。

「所有権を主張したいのなら、大事にしてくださいよ」

蓮はその答えに、すぐに蕩《とろ》けるような甘い笑みを見せる。

「当然だ」

考える時間など不要だとばかりに即答した後、蓮は再び朱里の唇を貪《むさぼ》り始めた。

「っ……んぅ」

口腔内のすべてを舌で余すところなく味わいながら、蓮の掌《てのひら》は触れるか触れないかの優しいタッチで朱里の全身を撫《な》でていく。

着ていた服は、一体どんな魔法を使ったのかと問いたくなる程の速さで剥《は》ぎ取られ、すでにベッドの下へと放り投げられていた。

途切れることなく襲いくる快感に気を取られ、朱里は一糸纏《まと》わぬ姿になるまで思考を手放していた。

だが、蓮が自分の着ているシャツを脱ぐために手を離した時、ようやくわずかに理性を取り戻して訴える。

「ちょ、社長。私、まだお風呂っ……」

「必要ない」

「せめて電気はっ……」

「もったいないから却下だ」

「何がもったいないんですか」なんて、聞き返せなかった。

ここで「電気代だ」と返すとは、さすがに思わない。

朱里が羞恥《しゅうち》と戦っている間に、蓮は手早くシャツを脱ぎ捨てて、鍛え抜かれた上半身をさらした。

そして再び朱里に覆い被さると、先程よりも力を込めて、ふっくらと盛り上がる双丘への愛撫を開始する。

緩急をつけながら揉《も》みしだき、ぷっくりと赤く色付く頂《いただき》を指の腹で捏《こ》ねたり口に含んで舌で転がす。

そんな風に弄《もてあそ》ばれると、朱里は壊れた人形のようにがくがくと震えながら喘《あえ》ぐことしかできなくなる。

理性を失った女の姿は、男をこの上なく喜ばせた。

片方の頂を指で摘まんで弾いたり、爪先で引っ掻《か》くように刺激する。

そしてもう一方は口に含んだまま舌を絡めて吸いつき、時に歯で挟んで扱《しご》くように刺激を与えてくる。

その度に朱里の身体は面白いように大きく跳ねた。

目を閉じて頭を振りながらシーツを握りしめる朱里を、蓮は頂《いただき》から唇を離して見下ろした。

「いずれこの手で俺に縋《すが》りつかせてみせる……」

朱里の手をじっと見ながら、蓮が何かつぶやいた。

けれど、今の朱里にそれを気にする余裕はなく――

「ふっ……あっ、駄目っ」

息も切れ切れの制止の言葉など、聞き入れられるはずもない。蓮は朱里の首筋に舌を這《は》わせて滑らかな感触を堪能した後、そこに強く吸いついた。

ピリッとした痛みが走り、朱里は反射的にその場所に手を伸ばす。

しかし、蓮はその手をいとも簡単に絡め取り、次から次へと所有の印を刻んでいく。

片手では数えきれないほど刻みつけ終えると、朱里の両手首を頭の上でひとくくりにした。

それから今一度、細く白い肢体のすべてを見下ろす。

「思った通り、お前の肌には赤が映える」

物騒な笑みを浮かべてつぶやくと、拘束を解いて朱里の膝裏《ひざ》に手を差し入れた。

「ひっ、あぁっ」

「待って……」

「駄目だ。もう待てない」

　朱里は思わず懇願《こんがん》するも、蚊の鳴くような声しか出なかった。

　蓮は目の前の白い内腿にさらなる赤を刻み込み、手にぐっと力を入れて、両脚を左右に割り開く。

「もう濡れているな」

「言わないで」

　羞恥《しゅうち》に染まった朱里の顔を見て口角を上げながら、人差し指で割れ目を数往復なぞる。

　くちゅっくちゅっと濡れた音が部屋中に響く。

　蓮は指に十分な蜜を纏《まと》わせると、朱里の思考と同様に蕩《とろ》けきった蜜壺の中へと指を埋めていく。

「んあぁっ」

　ぐちゅっと音を立てながら、太く長い指が一気に根元まで埋められる。

　そして休む間もなく中を掻《か》き混ぜられた。

　蓮は内襞《うちひだ》のあらゆる部分を探って、朱里が一番いい反応を示すポイントを見つけ出す。

　それから一気に指を二本に増やし、曲げた指でそこばかりを引っ掻《か》くように攻め立て始めた。

「んあっ、ああっ」

背中を何かが這《は》い上がってくるような感覚がして、朱里はぎゅっと目を閉じる。

だが、蓮は埋め込んだ指と蜜壺の間に唇を当てて、そこからこぼれ出る蜜をずずっと音を立てて啜《すす》り取った。

「そんなっ、やぁ」

視覚と聴覚を犯す信じられない光景に、朱里は思わず蓮の髪に手を差し込んだ。

しかし、絶頂がすぐそこまで迫っている状態では、蓮を引き剥《は》がすことなどできない。

「嫌？　ここはイイみたいだが？」

「駄目っ！　そこはやっ、ぁああっ」

すべてを見透かすような問いかけを口にしながら、蓮は黒い笑みを浮かべる。

そして中に埋めた二本の指で激しく抜き挿しを繰り返しながら、蜜壺のすぐ上でぷっくりと膨らむ花芽を舌先で突いた。

「ひぃうっ」

敏感な部分を刺激され、朱里はきゅっと足の指を丸める。

高みに昇り詰める準備が整った様子を確認すると、蓮は花芽にかりっと歯を立てた。

その直後——

「ふあああああっ」

何かが目の前で弾けたような衝撃に絶叫し、朱里の身体がびくんびくんと数回大きく跳ねた後、くったりとシーツの上に崩れ落ちた。

はぁはぁと荒い息を繰り返す朱里に愛おしそうな眼差しを向けながら、蓮は先程まで中を嬲《なぶ》っていた指をずるりと引き抜く。

そのわずかな刺激にさえ、朱里は「あんっ」と艶《つや》を含んだ声で啼く。

その姿に煽《あお》られたのか、蓮は指に纏わりつく蜜を見せつけるようにして舐《な》めしゃぶった。

身体だけでなく、五感や思考のすべてを支配しようとしている蓮に、朱里は恨みがましい視線を送る。

「どうした？　良くなかったか？」

抗議の視線を真っ向から受け止めながら、蓮はくすくすと笑う。

そこには完全なる勝者の笑みが浮かんでいた。朱里はそれに抗議するように、力の入らない手でポカポカと固い胸板を叩いた。

目の前にいる百戦錬磨とも思える男の経験値など知る由《よし》もないが、朱里自身は同年代の女性よりもこの手の経験が遥《はる》かに少ないということを自覚している。

留学中に付き合っていた彼氏とは、恋人というよりも同じ道を行く同志といったほうがいいような関係だった。

そんな慣れない様子も、負けっぱなしで悔しいと睨《にら》んでくる勝気な性格も、蓮がそのすべてを愛しいと思っているなんて、朱里にはわかるはずがない。

「少しは手加減してください」

精一杯の抗議のつもりで訴えると、蓮はリップ音を立てて朱里の額に唇を落とした。

「こんなに可愛い女を抱けるのに、手を抜くなんてできるわけないだろ？」

悪びれもせず発せられた悪魔のようなささやきは、朱里の心を完全に陥落させた。

「朱里」

この男に何もかも奪われたい。

初めて女としての渇望《かつぼう》を感じ、朱里は自分を呼ぶ掠れた声にこくりとうなずいた。

朱里の瞳にも同じ火が灯っているのを確認すると、蓮は一旦上体を起こす。

それから、ベルトを外す音や布の擦れる音と共に、ビニールの擦れる音が耳に届き、朱里は思わず音のした方に目を向けて息を呑んだ。

「それ……」

蓮が手に持つ物を見ながら唖然《あぜん》とする。

すると朱里の視線に気付いた蓮は、それを持ち上げながら口角をつり上げた。

「これか？　ここに来る前に買っておいた」

かさかさと揺らすビニール袋はドラッグストアのもので、中には数個の小箱が入っていた。

この状況で取り出されるソレが避妊具だということくらいは朱里にもわかる。

だが、一箱や二箱どころではないその数に、驚きを隠せなかった。

「あなたは一体、何人とする気なんですか!?」

やっとの思いで絶叫すれば、蓮は綺麗に割れた腹筋に掌《てのひら》を当てながら肩を震わせて蹲《うずくま》る。

経験上、それが笑いを堪《こら》えているのだとわかり、朱里が憤《いきどお》りを言葉に変えようとしたその時――

蓮が勢いよく朱里の上に倒れ込んできた。

「くくっ、全部お前と使うに決まっているだろう？　アレでもすぐに足りなくなるだろうが、その時は補充するから安心しろ。しばらくはきちんとしないといけないだろうしな」

「しばらくって……」

言葉の真意を問おうとするも、それを阻《はば》むように朱里の唇に人差し指が添えられた。

「お前のそうやってすぐに噛《か》みついてくる所も気に入っているが、今はこっちに集中しろ」

艶《つや》に満ちた命令口調で言い切るなり、再び思考を蕩《とろ》けさせるような濃厚なキスを与えられた。

長いキスの後、準備が整った楔《くさび》の先端で秘裂を擦り上げながら蜜を纏《まと》わせる。

次いで朱里の片脚を肩に担ぐようにして大きく股を開かせる。そしてひくつく蜜口に狙いを定めると、蓮はゆっくりと腰を進めていった。

蓮の体格に見合う大きさを持った屹立《きつりつ》で突き刺され、長い間誰も受け入れていなかったそこはきちきちと悲鳴を上げた。

「んうっ」

鈍い痛みを感じて眉を寄せ、朱里の細腰は反射的に逃げを打つ。

だが、蓮は逃がさないとばかりに片手でその腰を掴《つか》む。

それからもう一方の手を、肩に担ぎあげていた朱里の片脚の膝裏《ひざ》に差し込むと、さらにぐっと腰を進めた。

その瞬間、どくどくと脈打つ楔《くさび》が、これ以上はないというほど奥へと突き立てられる。

「ひぃあああっ」

子宮の中にまで達するような強い衝撃に、朱里は目を見開き大きく仰《の》け反《ぞ》った。

軽くイッた衝撃で、内襞《うちひだ》が蠢《うごめ》く。

蓮はその感触を楽しむように動きを止め、朱里の目尻からこぼれ落ちた涙を舌先でゆっくりと舐《な》め取った。

「っ、少し力を抜け」

「あぅ……はぁっ」

耳元でささやかれるだけでも快感なのか。

呼吸を乱す朱里の肉襞《にくひだ》は、強く中のものを締め上げる。

「ヤバいな」

そうつぶやくも、言葉とは裏腹に怪しい笑みを浮かべた蓮は、ゆっくりと腰をグラインドし始めた。

「んっ、んんぅっ」

動き始めてすぐに朱里の喘《あえ》ぎがくぐもる。

それに気付いた蓮は、朱里の汗に揺れる前髪を掻《か》き分けた。

すると朱里が下唇を噛《か》みしめて声を堪《こら》えていることを知ったようで——

「もったいない」

蓮はぽつりとつぶやくと、朱里の熟《う》れた唇をすぐに自分のそれで塞《ふさ》いだ。

彼の言葉は、朱里の唇が傷つくことも、耳に心地よい声が途絶えてしまうことも、すべてがもったいない、とでも言いたげに響いた。

「はぅ……、んっ」

蓮の舌が歯列を順番になぞりながら、腰は蜜壺を抉《えぐ》るように動き続ける。

そうしているうちに朱里の思考は完全に蕩《とろ》けきった。

その様子を確認すると、蓮は細腰に回した手に力を込めて再び最奥へと楔を捩《ねじ》り込んだ。

「ふあぁっ」

びくんと朱里の身体が弾んだ衝撃で二人の唇が離れ、唇の端から混じり合った滴《しずく》がこぼれる。

朱里はその瞬間、大きく喘いだ。

蓮はこれ以上ないといった愉悦《ゆえつ》の表情を浮かべてその様子を見下ろすと、内襞《うちひだ》の一番感じるポイントを楔《くさび》の先端で強く擦り上げ、ずんずんとリズムよく何度も最奥に突き入れる。

息をするのも苦しいくらいに攻め立てられ、朱里は蓮の首に腕を回してしがみ付く。

蓮はその仕草や反応に満足したように、身を屈めてさらに結合を深めた。

「もっ、無理ぃ」

全身をがくがくと揺さぶられ、朱里はとうとう限界を訴える。

しかし、蓮は容赦《ようしゃ》ない命令口調で制した。

「まだだ。我慢しろ」

「ひぃぅっ」

耳朶《みみたぶ》を噛みながら命じられ、朱里は涙を流してうなずき、必死で昇り詰めそうになるのを堪える。

朱里が従順に返事をすると、体内の楔が一気にその質量を増した。

「おっき……しなっ……で」

「はっ、それこそ無理だな」

お前の中が良すぎるのが悪いと言い切り、蓮はそのまま繋がった場所をひと撫《な》でする。

それだけでは飽き足らず、その上にある花芽も、愛液に塗《まみ》れた親指の腹でくるりと撫ぜた。

「それっ」

朱里は駄目なのか、良いのかさえも判別できない声を上げることしかできない。

蓮は最後のトドメとばかりに花芽を親指と人差し指で挟んで捏《こ》ねくり回しながら、がつがつと抽送を加速させる。

「まっ……もうっ」

「いいぞ、イケっ」

もうこれ以上は自分も耐えられそうにないと思ったのか、蓮がようやく許可を出した
直後――

「ぁあああああっ」

「っ」

ある一点を蓮のものが擦り上げた途端に飛沫《しぶき》が飛び散り、部屋中に朱里の絶叫が響き

渡る。

荒波のような快感に朱里が身を震わせている最中、子宮口にぴったりと埋められた楔《くさび》の先から薄い膜越しに欲望が迸《ほとばし》った。


「朱里、大丈夫か？」

蓮は後処理を済ませて仰向けに寝転ぶと、自分の胸の上に朱里の頭を乗せて抱え込んだ。

朱里はその問いにこくりと小さくうなずきながら、目をつぶって蓮の胸に頬を擦り寄せる。

固い胸板は枕としては心地いい物ではなかったが、肌から直接伝わる温もりと、規則正しく鳴り続ける鼓動に、なぜか涙が溢れそうになった。

つい数時間前まで、リスクを恐れて彼への好意を否定し続けていたことが嘘のようだった。

蓮もまたこれまでが嘘のように、言葉と行動のすべてで朱里への愛を証明してくれる。

誰かにこれほど求められたことなどなかったと、朱里は今ここにある温もりを何よりも愛しく思った。

一生傍で支えてもらうと宣言したのは蓮の方だったが、今となってはこの温かな場所を離れられないのは自分の方ではないかと、朱里は密やかに笑みをこぼす。

汗まみれの肌をぴったりとくっつければ、蓮は柔らかな髪が肌の上を滑る感触にくすぐったそうに目を細め、朱里の頬や髪を優しく撫《な》で続けた。


二人が初めて結ばれたその夜。

溢れ出る激情のままに何度も求められ、朱里がようやく眠りについたのは明け方のことだった。

指一本動かせない程の疲労を感じながら眠りに落ちるその瞬間、朱里が「この鬼畜……」とつぶやいたのは致し方がないことだ。

霞《かす》む視界の端に、苦笑する蓮の顔が映ったような気もするが、反応する元気はなかった。

翌日が祝日であり、土日を含めて三連休だったのは神の采配《さいはい》か。

それとも男の執念ゆえか。

昼過ぎまで睡眠を貪《むさぼ》った朱里は覚醒《かくせい》するや否や、視界に飛び込んできた端整《たんせい》な顔立ちに驚き、反射的にベッドから転げ落ちそうになった。

しかし、腰にがっちりと回された逞《たくま》しい腕がそれを許さない。

朱里は数秒固まった後、ようやく自分の置かれている状況を把握した。

「おはよう」

今さらながらに顔を真っ赤に染める朱里に向けて、蓮は彼女の額、瞼《まぶた》、鼻先、唇の順に唇を落としていく。

くすぐったさと恥ずかしさで朱里が身を捩《よじ》ると、蓮は堪《こら》えきれないといった様子で小さく噴き出した。

その笑い声に、朱里は蓮が自分で遊んでいたと気付き、恋人たちの初めての朝には似つかわしくないような拗《す》ねた態度で答える。

「おはようございます。それと笑い過ぎです」

「お前が可愛すぎるのが悪い」

「ばっ、なっ、何を言っているんですか⁉」

これまでの彼の言動からは想像もできないような甘いセリフに、朱里は悲鳴に似た声を上げた。

「ああもちろん、昨夜は綺麗だったがな」

「んなっ」

頭の中が煮えたぎるような物言いに、朱里は金魚のようにぱくぱくと口を動かすことしかできない。

何なの、このツンデレっぷりは⁉　いつもは俺様な命令口調ばっかりなのに！

穴があったら首から上を全部突っ込んで思いっきり叫びたいと思いつつ、朱里は布団の中で必死にもがく。

そして不意をついて蓮の腕を振りほどき、ベッドから飛び下りた瞬間、朱里は崩れ落ちるようにカーペットの上にへたり込んだ。

「あれ？」

脳からの指令とはまったく異なる動作をする身体に困惑しながらも、朱里は慌てて手を伸ばして身体にシーツを巻きつける。

そして一旦息を吐いて気を取り直すも、やはり足腰にはまったく力が入らなかった。

経験したことのない状況に朱里がおろおろしていると、蓮が腰に腕を回してベッドの上へと引き上げた。

「朝から何一人で遊んでいるんだ？」

「遊んでません。お風呂に行こうと思っていたんです。なのに……」

こんな事態を引き起こした張本人のくせにと睨《にら》みつければ、蓮はたった今、朱里の状況に気付いたとばかりに言い放つ。

「ああ、そういうことか。それならさっさとそう言えばいいものを」

「私だって、まさかこんなことになるとは思ってなかったんです」

激しく睦《むつ》み合いすぎて身体が言うことを聞かないだなんて、口にするだけで顔から火が噴き出しそうだ。

羞恥《しゅうち》に肩を震わせて身体に巻きつけたシーツの端をぎゅっと握りしめていると、蓮の手が乱暴に朱里の髪をかき混ぜた。

「ちょっ、社長、何を」

「悪かったな。浮かれすぎた」

「えっ……、ひゃっ」

目の前の男とはあまりにかけ離れた言葉を聞いて驚くと同時に、朱里の身体が突然宙に浮いた。

直後、朱里は悲鳴を上げながら、蓮の首にしがみつく。

次いで視線を落とすと、自分が横抱きにされたのだと気付いた。

「何するんですか！　危ないでしょ⁉」

「立てないんだろう？　だったら俺が風呂に入れてやるから心配するな」

連れて行ってやるではなく、入れてやると言うあたりに、蓮の思惑が透《す》けていた。

身に迫る危機に、何とか地に足をつけようともがく朱里に向けて、蓮はきっぱりと宣言する。

「暴れると落ちるぞ。どうせもう全部見たんだ。大人しく世話になっておけ」

「あっ、有難迷惑って言葉は知っていますか⁉」

「俺の頭の中にある高城朱里専用取扱説明書には、そんな言葉は載ってないな」

相変わらず饒舌《じょうぜつ》な蓮を前に、朱里は反論する気力を失ってがっくりとうなだれる。

対照的に、嬉々とした様子で蓮は朱里を抱えたまま浴室へと向かっていった。


そのわずか数分後――

朱里は自分の諦めの良さを呪うことになる。

少し考えればわかることだが、相良蓮という男は恋人と一緒にお風呂に入って大人しくしていられるような草食男子ではない。

朱里はのぼせる半歩手前まで、浴室であれやこれやをされまくった。

回復したばかりの体力を完全に消耗した朱里はその後、もう一度お姫様抱っこでベッドに搬送《はんそう》されることとなったのだ。

しかも運ばれた先のベッドシーツは、いつの間にか新品に交換されていた。

けれど、それがどうしてなのかなど考えまいと、朱里は気絶するように意識を手放した。

そして再び目覚めた時には、蓮の手配により豪華なルームサービスが届けられていた。

そのこと自体は素直に嬉しかった。

だが、喜びはほんの一瞬で吹き飛んでしまう。

朱里の身体がまだ本調子ではないのをいいことに、蓮は執事のように料理を取り分けて口元に運んだり、朱里の唇の端についたソースを舐《な》め取ったりと、甲斐甲斐しく食事の世話を焼き始めたのだ。

愛情を一身に受ける側の朱里はというと、「これは一体何の罰ゲームですか!?」と心の中で絶叫した。

しかし、それを口にした所でこの男には効かないと悟り、遠い目をしながら苦行を耐え抜く。

それでも、「もう一泊するか?」なんてささやかれた時には、命の危険を感じてぶんぶんと首を振り、断固として拒否する姿勢を貫いた。

とはいえ、苦行はそれで終わらなかった。

連休だというのをいいことに、家に帰ってからも構い倒そうとする蓮のせいで、結局朱里はゆっくり眠ることを許されなかった。

「もう勘弁してください……」

何度も繰り返したその言葉は終いには掠れ切っていて、ひどく聞き取りにくいものとなってしまい――

三連休の間、これまでの総経験回数を軽く上回るほど抱き潰《つぶ》された朱里の中で、蓮は「鬼畜男」から「超絶倫鬼畜ツンデレ野郎」に昇格したのだった。

第十二話

三連休明けの月曜日。

朱里はこの日、打ち合わせのために赤坂弁護士事務所を訪れていた。

本来であれば、自社で右京と共に設備搬入の立ち会いをしているはずだった。

しかし、今朝まで思う存分自分を堪能した男のせいで、目を覚ました時には生まれての小鹿のように足元がおぼつかなくなっていて、予定の変更を余儀《よぎ》なくされたのだ。

そして現在、赤坂の対面に腰掛けて打ち合わせを始めようとするも、残念ながら朱里の希望は叶わなかった。

「赤坂さん。仕事にならないんですけど……」

無駄だと思いつつ、朱里は目の前の男に一応の注意を入れる。

「ごめんごめん」

赤坂はそう片手を上げて応えるも、すでに身体をくの字に曲げて笑い出してしまっていた。

彼が一旦こうなってしまったら、笑いを収めるまでにだいぶ時間がかかると、朱里は深い溜息を吐く。

失礼極まりない話だが、赤坂はなぜか朱里が事務所のドアをくぐった瞬間に大爆笑を始めてしまったため、打つ手もなかった。

対する赤坂はというと、一体どうしてこの状況を笑わずにいられようかといった様子だ。

そんな赤坂が爆笑の合間に言った言葉を繋ぎ合わせると、つまりこういうことだ。

元々、朱里のことを美人の部類だと思っていたが、今までは綺麗というよりも可愛らしい印象が強かった。

だが、今日この事務所に入ってきた朱里はそれと異なり、艶《つや》やかな美女と呼ぶに相応《ふさわ》しい雰囲気を醸《かも》し出していた。

何かあったのかと不思議に思い、朱里をまじまじと見つめていると、不意に赤坂はその胸元にまばゆい輝きを放つ指輪が下げられているのに気付いた。

その瞬間、彼は朱里の変化の理由を察したのだという。

「あいつがこんなに独占欲の強い男だとは知らなかったよ」

目尻に溜まる涙を指で弾きながら、赤坂が小声でそうつぶやく。

それを聞いた途端、朱里は一気に顔を赤く染め、赤坂のさらなる笑いを誘ってしまうのだった。

「こちらが契約書の原本で、こちらが社長の押印が必要な許認可申請用の書類ですね」

「そう。それとこっちが入居希望者から集めた意見書だね」

ようやく笑いを収めた赤坂は、都市開発に関する書類を一枚一枚丁寧に説明し始めた。

赤坂の説明を受け、朱里は手早く中身を確認していく。

特に自分の担当するシステム設計に多大な影響を与える意見書の方は、隅から隅まで頭の中に叩き込んでいった。

「課題は、セキュリティとコミュニティ形成の二つに分類できますね」

入居対象者が高齢者に限られるとなれば、その地区自体が高齢者を狙った犯罪の対象とされかねない。

また近年では老々介護や孤独死などの問題もあり、何かあった時にはすぐに気付いてもらいたいという要望も多数上がっていた。

「セキュリティについてはどこまで厳重にするかを詰める必要がありますが、一方で高齢者にとっての扱いやすさも犠牲にできませんからね。コミュニティについては、役所だけでなく、警察・消防・医療機関との連携も進めていかないと」

意見書から目を離さずに言う朱里の表情は、厳しいものだった。

県を挙げての試験的都市開発とはいっても、役所関係に提案を投げ掛けて承認を得るまでにかかる時間は、一般企業のそれを遥《はる》かに上回る。

警察や消防、医療機関が絡んでくるとなれば、それらの組織から負担が増えることに対する否定的な意見が返ってくることは容易に想像できた。

「ちょっと今後の計画表をまとめたいので、机をお借りしてもいいですか？」

「そこの机は使ってないから、好きにどうぞ」

「ありがとうございます」

赤坂が事務所の一角にあるデスクを指さすと、朱里は小さく頭を下げてすぐにそこへと向かって行く。

そして席に着くなり、鞄《かばん》からモバイルパソコンを取り出して早速作業に取り掛かる。

赤坂はそんな朱里の横顔を見ながら、感心したような表情で顎《あご》に手を当てた。

「本当にいい女性に巡り合えたな、蓮」

かつての加賀の言葉を再現するようにつぶやくと、赤坂もまた仕事に取り掛かった。

そして時刻が午後六時を回ったところで、休憩も取らずに作業を続ける朱里に向かって、赤坂が声を掛けた。

「朱里ちゃん、そろそろ終わりにしようか」

それまで仕事に没頭していた朱里は、赤坂の声に反応してぱっと顔を上げた。

周囲を見回せば、所員たちは皆帰宅した後のようで、最後に残っていた赤坂も机の上を綺麗に片付け終えていた。

「すみません。すぐに用意をします」

状況確認を終えるや否や、朱里は慌てて帰り支度に取り掛かった。

もう少し仕事を続けたいのは山々だったが、ここは自分のオフィスではない。

その上、夕食の支度のこともあるし、何より帰りが遅くなろうものなら仁王像さながらの物々しさで待ち受けているであろう蓮の姿が脳裏を過《よぎ》り、朱里はテキパキと撤収作業を進めて行った。

「お待たせしました」

片付けを終えると、朱里は赤坂のもとへと歩み寄りぺこりと一礼をする。

それに軽くうなずき返した赤坂は、車のキーを見せながら口を開いた。

「家まで送っていくよ」

赤坂の申し出に、朱里は嬉しそうに微笑む。

「ありがとうございます。えっと、自宅近くのスーパーの駐車場で降ろしてもらってもいいですか?」

「いいけど、夕飯の買い物?」

「はい。今朝、出掛けに見たCMに影響されちゃって。夕食はシチューにしようと思っているんです。実は出勤前にパン種も仕込んで来ちゃいました」

夕飯の支度に時間がかかることを考えると、車に同乗させてもらえることは大変ありがたい。

素直に喜びを表す朱里に向けて、赤坂は少し考えるような仕草を見せた後、提案を口にした。

「じゃあ、シチュー作りに必要な材料を紙に書いて俺に頂戴。朱里ちゃんを家に送ってから、パンが焼けるまでの間には買って戻るから」

「いえ、そんなわけには……」

「その方が効率がいいでしょ？　パン作りって結構時間がかかるだろうし」

「でも……」

赤坂の提案は確かに効率的だが、彼に使いっ走りをさせることには多大な抵抗があった。

とはいえ、彼の厚意を無下《むげ》にすることも気が引ける。

「それなら、赤坂さんも家でご飯を食べて行ってください。どうせ二人じゃ食べきれないだろうし」

せめてもの妥協《だきょう》点を見い出して提案すると、赤坂は笑みを浮かべてうなずいた。

「蓮を虜《とりこ》にしている手料理にも興味があるし、お言葉に甘えるとしようかな」

「味は保証しませんよ？　二人とも味覚音痴《おんち》ってこともあるかもしれませんし」

朱里がおどけたようにぺろっと舌を出す。すると赤坂は目を細めながら答えた。

「大丈夫。そういうことに関する読みには自信があるから」

自分が夕食の席に招かれたと知ったら、蓮が不機嫌になるってことも読めるけど……

赤坂は忍び笑いをしながら、小声でそう付け加えた。

＊＊＊

「で、何でお前がここにいるんだ？」

「お前ってホント、期待を裏切らない男だよね。くくっ」

赤坂が買ってきた食材を使って、朱里が夕食作りを終える頃。

タイミングを見計らったように帰宅した蓮はソファの上に鞄《かばん》を放り投げると、ネクタイを緩めながらキッチンに直行した。

そしてそこで自分の存在に気付いたらしく、ぐっと眉間《みけん》に皺《しわ》を寄せた。

おいおい、色々な意味での功労者である俺に対して、その仏頂面《ぶっちょうづら》はなんだ。

いくら朱里ちゃんを独占したいからって、大人げないにも程があるだろう。

赤坂は蓮のためではなく、朱里のためにあえてその突っ込みを声には出さず、視線に乗せて友へと投げつけた。

「見ればわかるだろう？　シチューを一緒に食べようと思って、お前を待っていたんだ」

「帰れ」

問答無用でぴしゃりと言い捨てる蓮に抗議したのは赤坂ではなく、朱里だった。

「社長、赤坂さんは私を家まで送ってくれて、しかもシチューの材料まで買ってきてくれたんです。夕飯を御馳走するのは当然でしょう？」

「………」

朱里の苦言にぶすっとした表情を見せるも、蓮は何も言い返すことなく無言で自分の席に腰を下ろす。

そんな蓮を見て、やれやれといった様子で赤坂が片眉を上げると、朱里もまたそれ以上は何も言わず、でき上がったシチューを皿によそい始めた。

初めは毎日のように口論を続けていたのに、関係が変わった途端に尻に敷かれている友を見て、赤坂は笑うのも忘れてまじまじと見入ってしまう。

不本意だが、今回ばかりは折れてやる。

そんな意を滲《にじ》ませてふてくされた表情をしている蓮を堪能していると、二人の前にクリームシチューが差し出された。

「熱いので、火傷《やけど》に気を付けてくださいね」

朱里は二人にシチューを配り、木製のスプーンを差し出すと、今度はミトンを付けてオーブンから焼き立てのパンを取り出す。

パンを手早くかごに盛り付け、テーブルの中央に置くのを見て赤坂の視線はそれに吸い寄せられた。

かごの中に盛られたパンは、見事なまでに様々な動物の形をしていたのだ。

「すごいね。パン屋さんも顔負けだな」

「パンはシチューのお供なので、中に何も入れない分、形に凝《こ》ってみました」

自分の分のシチューを手に持ち席に座った朱里は、茶目っけたっぷりに言い放つ。

ずいぶん引き出しの多い女性だなと感心しながらパンを取ろうとした赤坂は、指がパンに触れるか触れないかの瞬間、その動きをぴたりと止めた。

彼の瞳に映るのは、先にそれを手にした蓮の姿で、大きな手には愛らしいウサギのパンが持たれていた。ウサギのどの部分から齧《かじ》りつくべきかを考え込むように、蓮は手の上のパンをくるくると回しながら眺めていた。

すると赤坂は突然、アツアツのシチューの中に顔を突っ込みそうな勢いでうつむき、肩を震わせ始める。

隣にいる朱里はというと、蓮の新たな一面を知ったことに笑みをこぼした。

「想像以上だねぇ。これじゃあ蓮が餌付《えづ》けされるわけだ」

「お口に合ったのなら、よかったです」

赤坂の手放しの褒め言葉に、朱里は少し照れくさそうに返す。

独り身で家庭の味に縁遠いためか、赤坂はじんわりと胸に温かいシチューに、味が整っているだけではない美味しさを感じた。

蓮はそんな二人の会話が面白くないのか、赤坂に冷たく言い放つ。

「ああ。もう二度と食えないんだから、存分に味わえよ」

独占欲が溢れ出る友の鋭いセリフを受け、少し前までは同じ穴の狢《むじな》だったくせにと、赤坂は呆《あき》れる他なかった。

「蓮、男の嫉妬《しっと》はみっともないぞ」

「うるさい」

赤坂がわざと真剣な顔をして助言してやれば、蓮は腹筋に力を入れて叫んだ。

しかし、赤坂はわざと知らぬ振りを決め込んで、朱里へと話しかける。

「朱里ちゃんは、いつ頃から料理を始めたの？」

蓮から彼女の家庭環境や勤勉さを伝え聞いていたため、朱里がどうやって料理の腕を磨いたのかを不思議に思っての問いかけだった。

「自炊を始めたのは、留学してからですね。レシピはネットで探して覚えました」

海外でも日本食は食べられるが、それなりの値段を出す覚悟が必要だ。

親の世話になっている身でそんな贅沢《ぜいたく》はできなかったし、高いお金を払って日本料理店に行ったとしても、現地の客向けにアレンジされていることもあり、それなら自分で作った方がいいと判断してのことだと朱里は言う。

「留学して一週間も経たない内に、向こうの食事に音《ね》を上げましたからね。まさに背に腹はかえられないっていう感じでした」

「確かに、海外の食事は毎日続けてだときついものがあるからな」

身に覚えがある赤坂も、そして蓮も朱里の意見にうなずく。

「でも、こうやって毎日きちんと料理をしていたら、買い物も結構大変でしょ？」

「週末にまとめ買いするようにしていますし、今はちょっとした量のお肉や野菜なら、小分けパックにされたものがコンビニでも売っていますからね」

「俺が週末に車を出すって言っても、断りやがる」

さらっと口にした返答に対し、蓮が苦々しげにつぶやくのを聞いて、朱里は曖昧《あいまい》な笑みを浮かべた。

その表情の理由に気付かず、赤坂はさらに問いかけた。

「でもハウスキーパーの契約に、買い物代行も入っているんでしょう？」

「そうなんですけどね……」

確かに赤坂の言うこともっともだが、家賃もハウスキーパーの料金も蓮に支払ってもらっている身分としては、それが彼らの仕事だからと割り切って好き放題にお願いすることなどできないと、朱里は蓮には聞こえないくらいの小さな声で言う。

そんなことを正直に告白すれば、蓮が怒るであろうことはよくわかっているので、歯切れが悪い返答しかできないのだろう。

朱里の心情を察し、赤坂はまさにクリティカルヒットとなる助言を口にした。

「じゃあ、ネットスーパーとか宅配サービスを利用してみれば？」

「ネットスーパーって何ですか？」

聞き慣れない言葉に思わず隣に目をやれば、どうやら蓮にとっても初耳なようだった。

蓮のように、チラシ一枚ポスティングされないような高級かつ高セキュリティのマンションに住んでいれば、知る機会がないのも当然だろう。

一方で朱里はというと、過去にそんな内容を耳にしたことがあった気がするが、自分には関係ないことと思って忘れていたのだという。

だが状況が変わった今なら、是非ともその恩恵にあずかりたい。

朱里の嬉々とした瞳は、そう語っているように見えた。

幸いにも、このマンションには大きな宅配ボックスが備え付けられている。

さらに受け取りの際はコンシェルジュが対応してくれるので、それを利用しない手はないと思えた。

「社長……」

家主の許可を取ろうと視線を動かした朱里に、蓮は真剣な目をしながらうなずく。

「すぐに契約するぞ」

蓮のその一言で、最近朱里を悩ませていた肩コリは快方に向かうことになった。

さらにこの時の決断が後日、ソファでチラシを手に二人寄り添いながら翌週の献立について話し合う新婚甘々夫婦さながらの光景を生み出すことになり——

それにより、赤坂と摩耶を笑い死にさせかけることになろうとは、発案者である赤坂でさえも予想だにできなかった。

＊　＊　＊

それから一時間後。

玄関先で赤坂を見送ってリビングに戻った途端、蓮は朱里を自分の膝《ひざ》の上に抱え込んだ。

本来なら、帰ったらすぐにこうして抱きしめるつもりだったと言い、朱里の肩に顔を埋めて甘い匂いを堪能する。

だが、朱里の方は甘い雰囲気に酔うよりも大事なことがあるとばかりに身を捩《よじ》り、蓮に向かって仕事の話を始めた。

「社長。今日赤坂さんから例のモデル事業についての意見書を頂いたんですけど、その内容をまとめた資料と計画書を作ったので、あとで読んでおいてくださいね」

傍から見れば、朱里の情緒のなさに目を剥《む》く者もいるだろう。だが、蓮はそんな真面目すぎる朱里の性格も好ましく思っているため、微笑みながらうなずいた。

とはいえ、朱里が次に発した言葉にはさすがに眉をひそめた。

「それと、これから出張の機会が増えると思いますので、少し社内のリスクマネジメント計画の進行を前倒ししようと考えています」

他の仕事の都合で、リスクマネジメント計画のスケジュールが変更になるのは一向に構わない。

どんな不測の事態が起きたとしても、朱里ならば上手く軌道修正できるであろう。

そうは思っても、ようやく手に入れた大事な大事な恋人を、何を好き好んで自分の目の届かない場所に置かなければならないのかと、蓮は一気に仏頂面《ぶっちょうづら》になる。

「出張に行く時には右京を同行させて、向こうでの仕事をどんどんあいつに振ってやれ。長いことお前が留守にしたら、うちの社にとって大きな痛手だからな」

「はい」

言葉の奥に秘められた男の独占欲に微塵《みじん》も気付かず、朱里は部下として信頼されていることに嬉しそうに微笑んだ。

「それと明日の午前中、社長は確か外出の予定でしたよね？　その間に加賀ホームに行ってこの案件の打ち合わせを済ませてこようと思いますが、よろしいですか？」

「ああ、かまわん。戻りは何時だ？」

「午後三時には社に戻ります」

「わかった」

返事をすると同時に、仕事の話はこれでおしまいだとばかりに、蓮の大きな手が服の上から朱里の身体を撫《な》で始める。

予告なしの行動に驚きつつも、情欲の火の灯る瞳に見つめられ、朱里はゆっくりとその身を委《ゆだ》ねていった。

第十三話

「お久しぶりです、朱里さんっ！」

午前十時過ぎ。

朱里は慣れた足取りで加賀ホームの事務室へと向かった。

そして少し緊張した面持ちでドアを開けると、尻尾を千切れんばかりに振る西野が出迎えてくれ、そのうしろにはかつての仲間たちが勢揃いしていた。

「皆さん、ご無沙汰しています。あれから西野はちゃんと仕事をしていますか？」

「ああ、頑張っているのは間違いないが、空回りしていることも多くてな。それに嬢ちゃんがいなくなってからは元気がなくなって、まるで捨てられた犬に見えるぜ」

「ちょっ、工藤さん⁉」

突然の暴露に西野があわあわしていると、朱里はこれ見よがしに深い溜息を吐いて見せた。

「あらあら、私は子犬から成犬になるまで、十分に育ててから手放したつもりだったんですけどねぇ」

「朱里さんまで……」

朱里と工藤の二人にいじられて、西野は先程までの元気がどこに行ったのかというほどがっくりと肩を落とす。

かつては日常茶飯事だった光景を見て周囲が笑いに包まれる中、朱里は工藤に目配せして事務室の奥にあるミーティングスペースへと移動した。

「朱里さん、どうぞ」

「ありがとう、さやかちゃん」

これまた久々となるさやかの癒《いや》しスマイルを受け、彼女の持ってきてくれた香り立つコーヒーを飲んでふうっと息を吐く。

コーヒーに添えられたかりんとう饅頭《まんじゅう》に一瞬頬を緩めたが、まずは仕事だと表情を改め、朱里は目の前に座る工藤に資料を差し出した。

「お客さんからの要望をまとめてみました。バリアフリーや各所への手摺《てすり》の設置、あとは部屋の壁面にはなるべくクロスではなく、天然の木材を使ってもらいたいという意見が多いようです」

モデル事業の案件に関しては、相良都市開発と加賀ホームが協同という形を取っているが、実質的には一般住宅の建築のほぼすべてを加賀ホームが手掛けることになっていた。

工藤は資料に目を通し終えると、最後に大きくうなずいてみせた。

「わかった。でかい案件だから数は半端ないが、内容は似通っているみてえだからな。材料をまとめて安く仕入れることもできるだろう。外観についてはカタログから選んでもらうとして、一週間前後で仕様書と見積りを出させるわ」

「よろしくお願いします」

さすが現場を仕切って数十年の経歴は伊達《だて》じゃないと、頼りになる工藤の言葉に朱里は微笑む。

さらに近状報告を兼ねて、他の社員らを交えて詳細な打ち合わせを進めて行く内に、あっという間に昼休憩の時間となった。

「それはそうと、嬢ちゃん。例のプレゼンではだいぶ派手にぶちかましたらしいな」

昼食を済ませた後、事務所に戻ってくるなり再び社員たちに囲まれてしまった朱里に向かって、工藤が不敵な笑みを浮かべて問いかける。

その口ぶりからして、岡本とのプレゼン対決について誰かから聞いたようだった。

「大したことはしていません。むかつく相手の出鼻《でばな》を、ちょっと挫《くじ》いただけです」

すると、工藤を始めとするかつての仲間たちは黒い笑みを浮かべて、矢継ぎ早に岡本のことを話し始めた。

「相手はあの岡本だろう？　昔からあいつは、誰にでも上から目線で話をしやがるいけすかない野郎だったからな」

「岡本っていやぁ、確か加賀社長とも若い頃にやりあったことがあるって話を聞いたことがあるな」

「まぁ、あの性格じゃぁ、少なくとも同じ業界に友人なんていないだろうよ」

彼らの話を聞いている内に、岡本の人を小馬鹿にした物言いとうなだれた姿を思い出し、朱里は苦笑いをこぼした。

「ところで新社長は、今日はこちらにいらっしゃらないんですか？」

「ああ、黒田専務と一緒に挨拶回りを兼ねての出張中だ」

「そうですか」

いまだに顔を合わせたことはないが、話を聞く限りでは新社長もずいぶんと有能らしい。

現在、建築業界全体が新築よりもリフォームを中心とした業務に移り変わりつつある。それ故、単価は下がるが受注件数は増えるという今後を見通し、新しいネットワーク作りのために各地の個人建設事業主に声をかけて回っているのだという。

さすがは蓮が選んだ人材だと、まだ見ぬ新社長の行動力に朱里は一人納得顔でうなずいた。

新たに加賀ホームの社長に就任した須田《すだ》は、もともと相良都市開発で蓮の右腕として働いていた部下で、将来を約束されていた人材だったと聞いている。

加賀の遺志を継いで古巣とかつての仲間たちを守ってくれている須田と蓮に、朱里は心から感謝した。

「それに須田社長はかなりのイケメンでな。事務の若い女たちは、社長が事務所に来る度に目をハートにしやがるんだぜ」

「声も一オクターブは上がるしなぁ。そう考えると、飼い主は失うわ、職場の女子は自分を見てくれないわで、西野にとってはさんざんな結果だな」

「勘弁してくださいよ」

朱里が「これ以上、自分で遊ばないで下さい」とうなだれる西野に憐れみの視線を送っているうちに、いつの間にか再び周囲の興味が朱里へと移ったようだ。

「イケメンと言えば、嬢ちゃんの転職先の社長は段違いらしいじゃねぇか」

工藤のその言葉を皮切りに、昼休み終了時間の十分前にもかかわらず、その場は異様な盛り上がりを見せた。

「俺もちらっと見たが、どこの王子様が来たのかって感じだったよな」

一人の放った意見にうんうんとうなずく社員たちは、どうやらあの役員会の日に蓮の姿を見たらしい。

「あの日から噂になっていたんだよなぁ？　王子様がついにうちのお姫様を見つけて、掻《か》っ攫《さら》っちまったってよ」

「やめてくださいよ。私は姫なんていう柄じゃありませんから」

慌てて否定するも、確かに蓮に連れて行かれたのは城のように豪華な部屋だった。

さらに今はその王子様と恋人という間柄になってしまい、否定する声に力が入らなかったことには気付かないで欲しいと、朱里は切実に願う。

「で、毎日あの王子スマイルを間近で見て、さすがの嬢ちゃんもメロメロになっているのか？」

「断じて有り得ません！」

これ以上のからかいを回避するためにも、ここは断固として否定するべきだと思い、朱里がきっぱり言い切ったその時――

タイミング良く、ポケットの中の携帯が着信を告げた。

「はい、高城です」

『朱里さんですか？　俺です。右京です』

「何かトラブルでもあった？」

言葉を被せるようにして話し出した右京の声を聞き、朱里は眉をひそめた。

あと二、三時間で会社に戻る予定のところを、わざわざ電話を掛けてきたということに、不測の事態が発生したのではないかと身構える。

起こりうるトラブルの可能性を頭の中で探っていると、電話口から予想だにしなかった答えが聞こえてきた。

『朱里さん、助けてください。社長がっ……』

「社長？　社長がどうかしたの？」

完全に泣きが入っている右京の声は震えており、肝心な部分を聞き取ることができない。

右京をなだめながら、根気強く話の詳細を聞き終えると、朱里は事務所中に響き渡るほどの深い溜息を吐いた。

右京から聞いた話を要約すると、出先から戻ってきた蓮の機嫌が有り得ないくらいに悪く、誰の手にも負えない状況だということだった。

蓮の押印が必要な書類があり、総務の女性が社長室に向かった際には、ものの五秒も耐えられずに涙目で部屋を飛び出してきたという。

他にも、右京やちょっとした用事で社長室を訪れた役員でさえ、誰一人として一分もその場にいられない絶対零度《ぜったいれいど》の空間になっている……らしい。

「……わかった。打ち合わせはほとんど終わったから、これからそっちに戻るわ」

『本当ですか⁉　助かります。あの状態の社長に近付けるのって、朱里さんくらいしか思い浮かばなくて』

「私が行っても、社長の機嫌が直る保証はないけどね」

こういう役目であれば、付き合いの長い摩耶や赤坂の方が上手くやれるだろう。

そう思って言った朱里の言葉を、右京は力強く否定した。

『そんなことはありません。社長は朱里さんのことを待っているんですから』

「は？」

『地を這《は》うような声で、高城はどこに行った！　って怒鳴っていたんです』

「あの馬鹿王子……」

朱里は思わずそうつぶやきながら、苦虫を噛《か》み潰《つぶ》したような表情を浮かべた。

今日、自分が加賀ホームに行くことや、戻りが午後三時になるということは、しっかりきっかり面と向かって話しておいたはずだ。

にもかかわらず、大声で自分を呼びながら怒り狂っているという蓮に、「あんたは一体いくつなんだ！」と膝《ひざ》詰《づ》めで説教をしてやりたい気にさえなった。

「わかった。とりあえず社長には、私が到着する前にホットミルクでも出しておいて」

そんな恐ろしいことはできないと叫ぶ右京を無視して、朱里は通話を切った。

「嬢ちゃんは、向こうでもずいぶんと苦労しているみてえだな」

朱里が重い頭をゆっくりと上げると、皆が困惑した表情で自分を見ていることに気付く。

「私って、もしかして面倒事を引きつける性質《たち》なんですかね？　もうだいぶ慣れてきましたけど」

決して運が悪い方ではないが、楽には生きられそうもないと自嘲《じちょう》気味に笑う。

かつての仲間たちは、その表情から朱里が朱里らしく日々を過ごしている様子が伝わると言って目を細めた。

「ちなみにさっきの話で一つ訂正しておくと、うちの社長は見た目こそ王子ですが、中身は王様です」

姫を迎えに行く王子ではなく、さっさと来いと命令する王様の方がぴったりだ。

そして王様に振り回される退屈と無縁の日々も、そんなに悪いものではないと思っている自分がいる。

蓮を揶揄《やゆ》する言葉に目を丸くする面々を残し、朱里はくすっと笑いながら荷物をまとめ、不機嫌な王様のもとへと戻って行った。


トントン。

静まりかえった廊下に立ち、社長室のドアをノックする。

もったいないとは思いつつも、加賀ホームからタクシーで帰社した朱里は、そのまま社長室へと直行した。

普段であれば、中にいる蓮からの入室の許可を待つのだが、この日はノックした直後にドアを開け放つ。

「社長、ただいま戻りました」

するとドアの向こうから朱里が姿を現した瞬間、蓮はギギギギッと音がなりそうなほどぎすぎすした様子でゆっくりと顔を上げ、ギロリと睨《にら》んできた。

「遅い！」

社長室の中に、唸《うな》るような怒鳴り声が響く。

「遅くなってすみません」

すまないなどとは微塵《みじん》も思っていなかったが、朱里はその場で恭《うやうや》しく一礼する。

それを見ていた蓮は、椅子に座ったまま、むすっとした表情で腕組みをした。

彼の横柄《おうへい》な態度に、いっそこのままドアを閉めて出て行ってやろうかとも思ったが、その瞳の中にわずかな揺らぎを見つけてしまい、朱里はあっさりと怒りを捨てて蓮のもとへと歩み寄る。

途中、ソファに投げ捨てられたスーツの上着から、香水とタバコの匂いが漂っていることを確認した。

だがそれを表情に出すことなく、朱里は蓮の前に立ってにっこりと微笑んだ。

「社長、出先で何かありましたか？　なぜか社長からお花の香りがするのですが。浮気をされてきたわけではありませんよね？」

言葉とは裏腹に、朱里は笑顔のままだ。

もちろん、真っ昼間から仕事を放棄して、浮気をしていたなどと疑う気持ちは微塵《みじん》もない。

それがガス抜きをするための問いかけだと察したのか、蓮は剣呑《けんのん》な表情を引っ込めると、朱里の細い二の腕を掴《つか》んで抱き寄せる。

そしてしばらくの間、朱里の肩に顔を埋めていた蓮は、ぽつぽつと不機嫌の理由を話し始めた。

嫌悪感が滲《にじ》み出るような低い声で蓮が語った内容は、朱里の予想以上にひどいものだった。

この日の午前中、ユニットバスメーカーの社長との商談に向かった蓮は、そこで史上稀《まれ》に見る最悪の接待を受けることとなった。

自社製品の紹介もそこそこに、相手方は真っ昼間から蓮を接待会場へと案内した。

だがそこはどう見てもキャバクラで、むせ返る程の香水の匂いをまとった女性たちまでスタンバイしていたらしい。

それでも、怒りを堪《こら》えてしばらくの間はそこに留まっていたようだが、トロンとした目の女がしな垂れかかってきた瞬間、蓮は勢いよく席を立った。

そして呆気《あっけ》にとられている商談相手に、今後の取引の可能性がないことを告げ、その場を後にしたのだ。

店を出てから会社に戻るまで、一歩一歩踏みしめる度に蓮を取り巻くドス黒いオーラは大きくなり、終いには社長室のフロア全体を呑み込むまでになっていた。

「あのくそやろう」

強い力で朱里を抱きしめながら、蓮は数時間前の光景を思い出してそう吐き捨てる。

社長という職業柄、綺麗事だけで会社を維持し、社員たちを雇用し続けることが難しいのは重々承知している。

だが少なくとも、自分は酒と女を使って仕事を取るような真似は未来永劫《みらいえいごう》することはないし、そんなことをしなければ会社を守れない程、無能ではないと言い放つ。

それに相手が自分であれば不快になる程度で済まされるが、これが自社の社員ともなれば話は別だ。

今回のような接待を受けることを良しとするような風潮が生まれてしまえば、相良都市開発にとってこの上ないリスクを負うことになる。

終始、商談相手が蓮に遠慮することなくすぱすぱと吸っていたタバコと同様、そんな会社との付き合いもまた、百害あって一利なしという判断だった。

自分の中の憤《いきどお》りと折り合いをつけようとしている蓮を抱き返し、朱里はその背を優しく撫《な》でた。

香水ではない、よく知るボディソープの甘い香りに包まれたためか。蓮はゆっくりと腕に込めた力を抜いていく。

「朱里……」

再びその名を呼んだ声には、熱がこもっていた。

「社長から他人の香りがするのは嫌なので、上書きというか、マーキングです。公私混同になっちゃいますけどね」

「………」

照れ混じりの朱里の言葉に、蓮はふっとその頬を緩めたように見えた。

嫉妬《しっと》などまったくしていないにもかかわらず、説明する前からすべての事情を察し、その上で心のストッパーになってくれる。

そんな希少な女を絶対に離さないと言わんばかりに、蓮は朱里の腰に回した腕に力を込め、もう一方の掌《てのひら》を柔らかな髪の中に差し込む。

蓮の怒りが静まっていくのを肌で感じながら、朱里はさらに優しい声音でささやいた。

「今日の夕食は、目玉焼きハンバーグを作ってあげます」

くすくすと笑いながら朱里が告げた言葉に、蓮の片眉がピクリと反応した。

基本的に蓮の食の好みは子供のそれに酷似《こくじ》していて、ハンバーグはドミグラスソースやトマトソースでことこと煮込んだものよりも、単純に目玉焼きを乗せてケチャップを添えたものの方が、わかりやすいほど美味しそうに食べる。

この日の献立においては、いつものようにケチャップでハートを描こうか。それとも、目玉焼きかハンバーグの形をそうするべきか。

そんなことを考えつつ、朱里は名残り惜しく思いながらも蓮の胸に手を置いて身体を離した。

「定時に上がれるように、これから仕事に集中して下さいね」

朱里の言葉を聞く蓮の表情は、すでに駄々《だだ》っ子から社長のそれへと変わっていた。

「わかった。お前も定時に上がれるように励《はげ》めよ」

くしゃりと朱里の髪を掻《か》き混ぜるその手は愛情に満ち溢れていて、朱里は嬉しそうに目を細める。

「了解です」

最後にそう告げると、朱里はうしろ髪を引かれる思いで社長室を後にした。

第十四話

「あ……ぅんッ、もっ……無理」

「まだだ」

すでに何度達したかわからない状態でベッドの上にうつ伏せに崩れる朱里に、蓮は容赦《ようしゃ》なくうしろから覆い被さる。

リネンの上にくたりと落ちた腰を抱え上げ、蜜壺へと楔《くさび》を一気に根元まで埋めながら、ゆっくりとしたスピードでぎりぎりまで引き抜く。

しかし、すぐにまた最奥まで抽送し、何度もそれを繰り返す内に段々とスピードが増していく。

朱里自身よりもその身体の中の感じるポイントを熟知している蓮は、そこを外すことなく攻め立てる。

肉のぶつかり合う卑猥《ひわい》な音が絶え間なく響き、朱里の目の前は霞《かす》み始めていた。

あの後、予定通りに定時で仕事を仕上げた朱里は、時間ぴったりに現れた蓮によって強引に彼の愛車へと押し込まれ、帰宅することとなった。

それでも夕食の食材は昨日の内に宅配便で届いていたため、食事を終えるまでは事に及ぶことはないだろうと、朱里はあくまでのほほんと構えていた。

しかし、手を引かれて自宅の玄関をくぐった途端、背後にいた蓮によって強引に抱き寄せられ、噛《か》み付くように口付けされてしまったのだ。

「ふっ、ぁっ……社長っ、ここではダメです」

シャツのボタンに手を掛けて、その場で行為を続行しようとする蓮に、朱里は慌てて身を捩《よじ》った。

滅多なことではこのフロアに足を踏み入れる者はいないとはいえ、それでも扉一枚隔てただけの玄関で獣のように交わることには抵抗がありすぎる。

涙目でそう訴えると、蓮は朱里の気持ちを汲《く》んでくれたようで——

「わかった」

その言葉にほっとしたのも束の間、次の瞬間、朱里の身体は蓮の肩に軽々と担ぎ上げられてしまった。

「社長っ！」

「大人しくしていろ。落ちるぞ」

いつぞやのお姫様抱っこの時と同じようなセリフを投げ掛けられ、朱里はまたもやピタリと動きを止める。

フローリングに腰を打ち付けるなんて、堪《たま》ったものではない。

そう諦めつつも、米俵のように担ぎ上げられるよりお姫様抱っこの方がマシだったのかも……と、自分の不恰好《ぶかっこう》さを思って小さく溜息を漏《も》らした。

その後、約束した目玉焼きハンバーグを作る時間どころか、シャワーを浴びるわずかな時間すら与えられずに寝室へと運ばれ、朱里はスプリングの利いたベッドの上に放り投げられた。

もう少し優しく扱えないのかと文句を言おうと睨《にら》み上げるも、すぐに伸《の》し掛かられて唇を塞《ふさ》がれ、抗議の声は一瞬で吸い込まれてしまう。

これ程までに余裕を無くした蓮を見るのは初めてで、朱里は驚きつつもそれだけ自分を欲してくれていることに、心だけでなく身体が歓喜しているような気さえした。

結果、抵抗がなくなったのをいいことに、蓮は手早く朱里の服を脱がせ、渇きを癒《いや》すかのように性急に繋がり、何度も何度も彼女を求め続けた。

そして何度目かもわからない行為が再開された今となっても、蓮はシャツの胸元を開いてズボンの前を寛げただけの格好で、朱里をうしろから貫いていた。

朱里は自分だけが一糸纏《まと》わぬ姿であることに、恥ずかしさを感じる余裕すらもなかった。

「ひあっ、もうっ……」

頬をシーツに擦り付けながら、それをぎゅっと握り締めて限界を訴える。

言葉にしなくても、それは蠢《うごめ》く襞《ひだ》の動きを通して蓮にも十二分に伝わっていた。

「いくらでもイけ」

その方が自分も楽しめると、媚肉の中を激しく掻《か》き回しながら、何度も何度も最奥を穿《うが》つ。

じゅぷじゅぷという濡れた音が淫《みだ》らに響き渡り、朱里の全身がびくびくと震え始めた直後——

「ふっ……あああああ」

楔《くさび》の先端で子宮口を貫かれ、朱里は大きな嬌声《きょうせい》を上げながら一気に高ぶり、絶頂を迎えた。

「朱里、まだだと言っただろう？　俺はまだ足りてない」

「やっ、あっ、あっ」

絞り取るような襞の動きに歯を食いしばって耐えた蓮は休む間も与えず、激しく腰を振って突き上げる。

イったばかりの身体を容赦《ようしゃ》なく貪《むさぼ》られ、シーツが朱里の瞳から溢れ出る涙でぐしょぐしょに濡れていく。

何とか立てている肘《ひじ》と膝《ひざ》は、揺さぶられる度にシーツと擦れて赤くなってしまっていた。

「ひぃあっ、またキちゃうっ」

「ああ、いいぞっ」

楔をこれ以上ないほど奥深く埋められ、先端が蜜壺をぐりぐりと抉《えぐ》る。

朱里がもう数えきれないほどの回数となる衝撃に備えてぐっと脚に力を入れると、蓮の右手が結合部のすぐ上にある花芽をくるりと撫《な》でた。

「そこさわらっ……、もっ、ゆるしてっ」

何も悪いことをしたわけではないのに、与えられる刺激が強すぎて朱里は何も考えられずに謝罪の言葉を口にする。

だが、蓮はそんな懇願《こんがん》を聞き入れることなく、そこへの刺激をさらに強めていく。

「ふあああ……んッ」

「っ」

目も眩《くら》むような快感に襲われ、朱里の膣内は蓮のものを限界まで締めつけて歓喜に震え上がった。

後を追うように蓮が子宮口をずんっと突き上げると、一際大きく膨張した屹立《きつりつ》が一気に弾ける。

朱里は放たれた迸《ほとばし》りを膜越しに受け止めながら、蓮と共に折り重なるようにしてベッドの上へと崩れていった。


二人の呼吸がようやく落ち着きを取り戻した頃。

「朱里、ずっとこうしていたい」

蕩《とろ》ける声でささやかれ、朱里は耳まで真っ赤に染めながらうつむいた。

普段、特に仕事に関しては蓮と肩を並べるように毅然《きぜん》としていて、時には蓮や役員たちを相手に戦いを挑んでくるような勝気な朱里も、こうして恋人の懐《ふところ》にいる時は初心《うぶ》な少女そのものだった。

「朱里……」

「だっ、駄目です」

蓮の手が再び朱里の背中からお尻に掛けてのラインを撫《な》で始めると、朱里は慌てて彼の手の甲をつねって抵抗の意を示す。

このまま流されてしまえば、明日の仕事に支障をきたすのは火を見るよりも明らかだった。

不服そうな表情を見せる蓮に向け、朱里はびしっと人差し指を立てて言い放つ。

「私はこれからシャワーを浴びてご飯の支度をするので、社長もご自宅の方でシャワーを浴びてきてください」

「それはずいぶんと効率が……」

「効率の問題じゃないんです！」

一緒にシャワーを浴びようものなら、続きが始まるに決まっている。

頬を膨らませながら文句を言うと、慣れた手つきで身体にシーツを巻き付け、おぼつかない足取りで浴室へと向かって行く。

そんな朱里のうしろ姿を見送りながら、蓮は一人納得顔でつぶやいた。

「確かに、朱里には中休みが必要か」

すでに寝室を出てしまった朱里の耳には、そんな物騒なセリフが届くことはなく――

シャワーを浴びてようやくハンバーグ作りに取りかかった朱里は、左右の掌《てのひら》でタネのキャッチボールをし、必要以上に空気抜きを繰り返した。

ハンバーグの形をハートにしたら、また蓮の情欲に火を灯してしまうのではないだろうか。

いや、ハートにしなかったらしなかったで、お仕置きだと言われて再びベッドに放り込まれてしまうかもしれない。

頭の中でそんなことを考えながら、どちらにしても結果は変わらないことには気付かずに、蓮が戻ってくるまでの間、悶々《もんもん》と悩み続けていた。

第十五話

「これはこれは、聞きしに勝る溺愛っぷりみたいね」

朱里のまとう空気に以前までは見られなかった変化を感じ取り、摩耶はにやりと意味深に笑う。

対して、朱里はあからさまに疲れた笑みを見せた。

二人がいるのは、朱里の自宅のリビングだ。

おそらく赤坂から事前に、朱里と蓮の関係の変化について聞いていたであろう摩耶は、朱里お手製のロールキャベツを堪能した後、酒の肴《さかな》は朱里だとばかりに根ほり葉ほり聞いてきた。

朱里の口からそれを聞き出すために、事前に蓮を外出させるほどの用意周到っぷりだった。

「摩耶さん、一体社長になんて言って外に行かせたんですか？」

不服そうにしながらも、渋々家を出て行った蓮の表情の理由を尋ねる。すると摩耶はちっちっと人差し指を立てて、左右に軽く振った。

「朱里ちゃん、誰にだって人に知られたくないことの一つや二つはあるものよ。そしてそんなことに限って、家族に知られていたりしてね。詳しく聞きたい？」

「イエ、イイデス」

摩耶の言葉で、彼女が蓮に対して何か脅《おど》しをかけたに違いないと察する。

誰にも知られたくないことと前置きしておきながら、それを聞きたいかと尋ねる摩耶からは、完全なる罠の匂いがぷんぷんと放たれていた。

蓮の秘密と言われれば興味がないとは言えないが、知ったら知ったで後が怖すぎる。

下手をすると、明日の朝日が拝めなくなるかもしれないと、朱里はぶるっと身を震わせた。

「そう？　残念ね」

狩りで獲物を仕留め損ねたかのような表情を見せる摩耶に、誘いに乗らなくてよかったと、朱里は心底ほっとした。

「ところで朱里ちゃん、あれから彼女たちに絡まれることはない？」

「あっ、はい。あんまり社食や購買を利用することもないですし」

情報セキュリティ推進室があるフロアには他部署は入っておらず、最近は外出する機会も増えていた。

そのため、あの時絡んできた女性社員らだけでなく、他の社員たちともほとんど顔を合わせる機会はなかった。

「そう、それならよかったわ。あの子たちも皆、入社当時はお兄ちゃんの秘書になることを目指して切磋琢磨《せっさたくま》していたんだけどね。秘書課が解散になってから、目標を失ってやる気も失くしちゃったみたい」

「え？　うちの会社に秘書課なんてあったんですか？」

朱里が心底驚いた様子で問いかければ、摩耶は目を丸くした後、「ああ」と納得したような声を漏《も》らした。

「朱里ちゃんは知らないわよね」

そう言えばそうだったと、摩耶はその詳細を語り始めた。

どうやら一つ前の期までは秘書課があり、相良都市開発に就職を希望する事務系の女性たちは、総務や経理よりも秘書課を希望する人の方が多かったらしい。

それも蓮の容姿に起因するところが大きかったようだが、採用人数が少ない部署といことで、ふるいにかけるだけでも経費がかかりすぎるという問題が出た。

　そこで秘書課の選考条件に、事務職での職務経験が三年以上という項目を追加したのだという。

　今まで知らずにいた社の歴史を聞き、朱里は思わず「へぇ」とつぶやいた。

「でもねぇ。三年頑張ってせっかく秘書課に入っても、その中でお兄ちゃんを巡っての女の醜い争いが始まるわけよ。食事会に招待されようものなら、誰が同行するかを決めるだけで取っ組み合いをするくらいの勢いだったわよ」

「何か想像できますね……」

　以前、自分に絡んできた三人の女性たちの剣幕を思い出し、朱里の眉間《みけん》に皺《しわ》が寄った。

　摩耶は、秘書課の解散はひどく呆気《あっけ》ないものだったと続けた。

「結局、お兄ちゃんが『自分のスケジュールくらい、自分で管理する』って言い出して。お父さんがまだ社長だった時代から秘書課を取り仕切っていた男性一人を残して、秘書課の女子社員皆に、受付・総務・営業のいずれかへの異動辞令を出したの」

　秘書たちは隠れていがみ合っていたつもりだったのだろうが、蓮はそれに気付かないほど鈍感ではなかった。

　一旦決断してしまえば行動に移すのは早く、思い立ってから一月《ひとつき》足らずで部署を解散させたのだという。

もともと秘書課は容姿だけで入れるような部署ではなかったため、元秘書たちは異動した先でも仕事についていけなくて困るようなことはなく、営業に行った者の中にはバリバリの稼ぎ頭になっている人もいるらしい。

「そんなことがあったんですね」

よくよく考えれば、自分の経歴は全部把握されている割に、自分は会社や蓮のことについて全然知らなかったのだなと、朱里は今さらながらに反省の念を抱いた。

「でも秘書がいないと何かと不便ですよね？　男性オンリーの秘書課とかにすればよかったのに」

「甘いわね、朱里ちゃん。今時、同性だったら大丈夫とか有り得ないわ」

「えっ、そうなんですか⁉」

ちっちっと指を振りながら笑う摩耶を見て、朱里は驚愕《きょうがく》の声を上げた。

すると摩耶は、さらに思いがけない事実を暴露する。

「そうよぉ。ちなみにお兄ちゃんは何度フッてもゾンビみたいに寄ってくる女たちにうんざりして、高校は男子校に進学したの。でもね、そこで男のファンクラブなんてできちゃって。さすがのお兄ちゃんもげんなりしていたわ」

「……社長も結構苦労してきたんですね」

男に押し倒されそうになっている蓮の姿を想像すれば、何となく面白い気もしないでもないが……とは、かろうじて口にはしないでおく。

しかし、そんな考えが表情に滲《にじ》みでてしまっていたようで、恋人になってもいまだに兄はそんな立ち位置にいるのか……とつぶやきながら、摩耶は笑いを噛《か》み殺した。

「お兄ちゃんも正直に、お前のために秘書課を解散したんだって言っちゃえばいいのに」

蓮が秘書課を解散した理由は他でもない、朱里を迎え入れるためだったと知る摩耶は、こっそりとつぶやいた。

「まあ、正しい選択よね。あのまま何も手を打たないでいたら、今頃朱里ちゃんはきっと、彼女たちの嫉妬の的にされていたでしょうし」

実際にあった部下たちの暴挙を思い出し、摩耶は一人、苦々しい表情を浮かべた。

だがすぐに気を取り直し、何かを考え込んでいる様子の朱里に向けて、小さく頭を下げた。

「朱里ちゃん、これからもお兄ちゃんのことをよろしくね」

摩耶がそんなお願いを口にしているとは気付かず、この時、朱里は蓮が帰ってきたら昔話を強請《ねだ》ってみようかなどと、呑気なことを考えていた。

第十六話

「高城君、待っていたよ！」

小会議室の扉を開けた瞬間、満面の笑みを浮かべた常務の岩上《いわかみ》に招き入れられて、朱里は思わず訝《いぶか》しげな表情を見せた。

岩上と言えば、役員切っての機械音痴《おんち》で有名な男で、下手をすればパソコンの電源を入れてメール画面を開くだけで午前中が終わるくらいの重症っぷりだ。

その一番の被害者が朱里であり、岩上は日々小さなトラブルを起こしては内線電話をかけてくる面倒な人物でもあった。

そしてこの日、彼は突然朱里に会って欲しい人がいるとの電話をかけてきた。

その申し出に嫌な予感しかしなかったものの、腐っても役員である彼を袖にするわけにもいかず、致し方なく呼び出しに応じたのだ。

「さあ、座って座って」

常務という立場にある男が、室長という役名が付いているとはいえ、一社員に過ぎない自分をコーヒーや茶菓子を用意してもてなそうとする時点で怪しすぎる。

朱里は岩上をジト目で見ながら、入り口に一番近い席へと腰を下ろした。

「で、ご用件をお聞かせ願えますか？」

失礼な態度とは思いながらも、この男に甘い顔を見せようものなら付け上がらせるだけだと割り切って、朱里は不機嫌さを隠さずに問い掛けた。

問われた方の岩上は年の功なのか、それとも鈍感なだけなのか。

のほほんとしながら、「まぁまぁ、まずはコーヒーでも」となだめるような口調で返す。

それに「さっさとしやがれっ！　このすっとこどっこい」と怒鳴りたいのを堪《こら》え、朱里は再度答えを促《うなが》した。

「岩上常務。申し訳ないのですが、私にはここで悠長に話をしている時間はありません。お話が長引くようであれば、後日でお願いします」

「まっ、待ってくれ」

しれっと言い放って腰を上げようとすると、岩上は慌てて手を伸ばし、再び席に座るようにと訴える。

話を始めるだけでこんなに無駄な労力を使わなければならないのかと、朱里はこの後の展開の面倒臭さを想像しただけで、とてつもない疲労感に襲われた。

「実は今日、ぜひとも高城君に会ってもらいたい人がいるんだ」

岩上がようやく話し始めたその内容は至ってシンプルなもので、それならさっさとそう言えばいいのにと、朱里は冷ややかな視線を向けた。

「つまりは私に、そのサニーソフトウェアエンジニアリングの副社長と会ってほしいということですね？」

確認するように聞き返すと、岩上はこくこくとうなずく。

両手を合わせてお強請《ねだ》りのポーズを取る岩上を前に、朱里は軽い頭痛がしてきた。

「頼むよ、高城君。先方たっての希望なんだ。あまりの押しの強さに、思わず『今日そちらに行かせます』って言っちゃったし」

何が「言っちゃった」だ。

中年をとっくに過ぎた薄らハゲ親父がそんな言い方をしても、ちっとも可愛いなんて思えない。

さらに言えば、舌を出すんじゃない！　舌をっ！

朱里は頭の中に次から次へと浮かんでくるそんな突っ込みの言葉を振り払った。

「岩上常務、それはいくらなんでも横暴すぎるでしょう」

百歩譲って、相手方がこちらに来るというなら仕方がない。

だが、本人の承諾無しにこちらから出向くことを勝手に約束し、当日になってそれを告げるというのは、いくら上下関係があったとしても怒っていい話だろう。

あからさまに不快感をあらわにする朱里に、こともあろうか、岩上はへらへらとした笑みを見せた。

「いやぁ、私もそれは思ったんだけど、もう約束しちゃった後でさぁ」

「そこは約束する前に気付いてくださいよ！」

岩上の悪びれない返しに、朱里はとうとう突っ込みを入れたのだった。


サニーソフトウェアエンジニアリング（ＳＳＥ）の社長の保科正信《ほしなまさのぶ》と岩上は大学時代のサークル仲間で、数年に一度、同窓会で顔を合わせる間柄だった。

そんな関係があり、以前の役員会で相良都市開発のリスクマネジメントに関するシステム設計の議題が上がった時に、岩上は外部委託《いたく》先としてＳＳＥを推薦するつもりだったようだ。

それは朱里が情報セキュリティ推進室室長に就任したことで立ち消えになったが、確約していたわけではないため、岩上と保科の関係も悪化することはなかった。

しかし、岩上個人としては保科の期待を裏切ってしまったという負い目があり、昨夜そのお詫びを兼ねて、岩上の奢《おご》りという形で食事会を開いたのだという。

だがその場に現れたのは正信一人ではなく、副社長を務める息子も連れてきていた。

「岩上君、私の息子の正仁《まさひと》だ。私はあと二、三年の内に、息子に社長職を譲るつもりでいてね。少し早いが、この機会に君に紹介しておこうと思って同席させたんだ」

保科からの突然の紹介には驚いたものの、同じ年頃の息子を持つ岩上はすぐに正仁を歓迎し、和やかな雰囲気のまま食事会は進められていった。

そして大方の食事を済ませ適度に酒をあおった後、正仁は岩上にこう切り出した。

「突然のお願いで申し訳ないのですが、御社で情報セキュリティ推進室室長を務めていらっしゃる高城朱里さんにぜひお会いしたいと思っていまして。岩上さんの力で、どうか一席設けてもらえないでしょうか？」

「高城に、ですか？」

相良社長にと言うのであればわかるが、なぜ朱里に？　と岩上が疑問に思っていると、正仁は笑顔でその理由を口にした。

「実は、数年前にアメリカに短期留学をしていまして……」

その留学先が朱里と同じ大学で、そこで教授らから彼女の優秀さを伝え聞いて以来、正仁はずっと朱里に会ってみたいと思っていたのだという。

「私が留学した時には彼女はすでに卒業していて、当時は会うことができませんでした。それが先日偶然にも、彼女が御社で働いているという話を耳にしまして。今度こそ、お会いしてみたいと思ったんです」

「いやぁ、息子がこんなワガママを言うのは初めてでして。親馬鹿は承知の上で、私からも一つお願いします」

保科親子に懇願《こんがん》され、岩上は持ち前の迂闊《うかつ》さを遺憾《いかん》なく発揮して、自分の胸をぽんっと叩きながら承諾した。

……というのが呼び出された経緯らしく、その事実を聞かされた朱里は困惑した。

保科正仁という男が、大学時代の自分のことを一体誰から、どのような脚色付きで聞かされたのかは皆目見当もつかない。

だが朱里にとって、加賀に出会うまでの二十年間のことなどどうでもよく、当時の自分に興味を持たれても正直迷惑と言わざるを得なかった。

とはいえ、一企業の社長と副社長がわざわざ常務に願い出たとなれば、拒絶するのは難しい。

あえて断る隙があるとすれば、昨日の今日でその機会を作ろうとしたという一点だろうが、それを決めたのがお調子者の岩上の方だったというのが痛すぎる。

「高城君、何とか頼むよ」

まったく反省の感じられない様子で頭を下げる岩上に、朱里はまだ午前中だというのに、本日数え切れない回数となる溜息を吐いた。

「……一時間です。お昼休みに移動して、その後一時間だけならお会いすると、あらかじめ先方に連絡を入れてください」

了承が得られ、ぱあっと花が開いたような笑顔を見せる岩上とは対照的に、朱里は険しい表情を見せた。

だから中年をとっくに過ぎた薄らハゲ親父が、目をキラキラさせても可愛くないって言ってるでしょうがっ！　と心の中で叫んでこめかみに青筋を立てる。

しかし、今はその怒りを岩上にぶつけるよりも優先すべきことがあると、朱里は気を取り直して口を開いた。

「いいですか？　最大で一時間までってところを、しっかりと強調してくださいよ。もしそれ以上かかったら、今後一切、岩上常務のトラブル対応には応じないと、相良社長の前で宣言しますからね」

念を押す朱里の迫力の凄まじさに、鈍感な岩上もさすがに怖気づいたようで、首振り人形のように何度もうなずいて返した。

「では副社長を呼んで参りますので、そちらのソファにおかけになってお待ちください」

「はい、ありがとうございます」

ＳＳＥの応接室で、自社の受付嬢に勝るとも劣らない別嬪《べっぴん》の案内係に笑顔で答えると、朱里はソファの上に手荷物を置いて窓辺へと歩み寄る。

ロールカーテンの一つを開いて外の景色を眺めれば、ビルの隙間から東京の新しいシンボルタワーが見え、今が夜でないのが惜しいほどだ。

しばらくそこからの眺めを堪能した後、次いで応接室の壁面に貼られた会社資料に目を向けた。

「へぇ、思ったより手広くやっているのね。業績も良好みたいだし」

一通り資料を眺めてから、朱里は感心してつぶやいた。

ここに来る前に一応SSEの会社概要を簡単に調べ、現在の主力商品がオンラインゲームの配信やモバイルゲームのアプリ制作等であることはわかっていたが、その他にもウイルス駆除ソフトや会計管理ソフトなどのソフトウェア開発も行っているらしく、主な取引先には名立たる企業が羅列されていた。

「それにしても、携帯とパソコンの没収は痛かったなぁ」

軽くなってしまったバッグを一瞥《いちべつ》すると、朱里は背伸びをしながらソファの背凭《せもた》れに寄りかかる。

ソフトウェア会社というだけあって、セキュリティ管理はしっかりしているようで、入り口にある守衛所で携帯とパソコンを預けることになってしまったのだ。

見知らぬ場所で、頼りになる相棒を取り上げられた状態ではどうも落ち着かず、朱里は一刻も早く待ち人がやってくるのを望んでいた。

岩上にも強く念を押したが、遅くとも午後二時にはここを出たいと考えていた。今回は急遽《きゅうきょ》SSEへの訪問が決まったため、午前中から応接室で外部企業との打ち合わせをしていた蓮に事情を告げることができなかったのだ。

黙って外出したことがバレれば、怒られるかもしれない。

そんな懸念《けねん》もあり、何としてでも予定時間を厳守したかった。

これから会う相手に失礼極まりないことを考えながら、朱里は何度も腕時計を確認する。

そうして時計の針が一時ぴったりを指し示したその時、ようやく待ち人の来訪を告げる靴音が聞こえてきた。

「初めまして、相良都市開発の高城朱里です」

「サニーソフトウェアエンジニアリングの保科正仁です。この度は突然の申し出にもかかわらず、我が社にお越しいただきありがとうございます」

部屋の中に入ってきた正仁との名刺交換を済ませると、朱里は促《うなが》されるままに再びソファに腰を下ろした。

さわやか好青年といった顔立ちの正仁は、蓮とはタイプが異なり、統率者というよりは人好きするタイプの男だった。

普段、規格外のイケメンを近くで見過ぎてしまっているせいか。余程のことがないと男性に見惚《みと》れることはなくなったが、こうも立派な肩書と容姿の男たちに接する機会が多いと、朱里は平凡な自分が申し訳ない気持ちになる。

　一方、正仁は朱里がそんなことを考えているとは知る由《よし》もなく、笑顔で口を開いた。

「岩上さんからお聞きになっているかもしれませんが、実はアメリカに留学していた際に、高城さんのお名前を聞きまして。以来、ずっと会ってみたいと思っていたんです」

「確かに、当時あの大学でコンピュータエンジニアリングを専攻していた日本人は、五人もいませんでしたからね」

　それだけ母数が少なければ、同じ日本人の一人である自分に興味を持っても不思議はないと結論づけた朱里に、正仁はにっこりと微笑んだ。そして、朱里に興味を持つに至った経緯を話し始める。

　正仁が彼女を覚えていたのはその母数の少なさ故でも、当時の留学生の中で朱里が唯一の日本人女性だったからでもない。

　きっかけは、正仁がとある教授に授業での不明点を尋ねに行った際、以前に優秀な日本人学生がいたという話をされたことだった。

　しかも正仁にそう話した教授は一人や二人ではなく、その日本人学生こそ朱里のことだった。

　そして彼らから伝え聞いた話によって朱里に興味を持った正仁は、独自に彼女の経歴を調べ上げた。

高校を飛び級して大学に入り、学位を三年で取得した事実だけでも賞賛に値した。

その上、勤勉で各講座の教授たちに積極的に質問をしていたとあっては、彼らの目に留まるのも当然だった。

「私と入れ替わるように卒業されてしまい、お会いできなくて非常に残念に思っていたんです。でも、風の噂であなたが帰国していると聞き、ずっと期待していました。同じ仕事をしていれば、いつかこちらでお会いできるんじゃないかって」

「それは……、期待に添えなくてすみません」

「いいえ。約六年越しとはいえ、こうしてお会いできてとても嬉しいです」

長きに渡って自分を覚えていたと話す正仁に、朱里は戸惑いの表情を浮かべた。

「相良都市開発に異動される前、高城さんが異業種に就いていたと知った時には驚きました」

正仁はふと昔を懐かしむような目をしながら、くすっと笑みをこぼす。

そして、朱里の動揺をさらに煽《あお》るような発言を続けた。

「アメリカで、高城さんが卒業記念に作られたゲームをやらせていただいたことがあったので、帰国後はどこかのソフトウェア会社に就職されると信じて疑いませんでしたから」

「え!?　卒業記念のゲームって、もしかしてあのシミュレーションゲームのことですか？」

予想だにしなかった正仁の言葉に、朱里は悲鳴に近い叫び声を上げた。

今から六年ほど前、大学の卒業記念にと友人にせがまれて、朱里は確かに日本のアニメを参考にした、シミュレーションRPGを作成した覚えがあった。

だがそれは、今の今まで完全に記憶から消去していたほどの代物《しろもの》で、今となってはそれを作ったという事実自体が朱里の黒歴史の一つとなっていた。

友人のかなりマニアックな要望に応える内に、有り得ない程に難解な仕様になったそのゲームは、まかり間違って市場に出回れば大クレーム間違いなし。

下手をすれば、返金要求の嵐が吹き荒れるような代物《しろもの》だった。

「まさか、あれをやる人がいるとは思いませんでした」

作ってくれと頼んできた友人は狂喜乱舞していたが、門外不出という約束をしたはずだったのに……と、朱里は頭を抱えたくなる。

「すみません。高城さんとの約束で貸し出し不可だと言われたんですが。どうしてもプレイしてみたくて、ご友人の方の所に通わせていただいたんです」

正仁のフォローに、アレが世に出ていないのならと、朱里は何とか自分を納得させた。

「残念ながら、帰国までにコンプリート率七十パーセントが限界でしたが」

「あれで七十パーセントも……」

本気で悔しそうな顔をする正仁を見て、この人は実は生粋《きっすい》のゲーマーで、あのソフトがもう一度やりたくて私に会いたかったのではないだろうかと想像し、朱里は本気で冷や汗をかいた。

「そんな朱里さんが、まさか建築業界に身を置いていらっしゃるとは……。正直、今でも信じられない思いです」

「私自身、こうなるとは思ってもみませんでしたからね」

当時は自分の未来に恐怖を感じていたとはいえ、生活のためには働かなければならない。もしも加賀に出会っていなければ、今もどこかのソフトウェア会社で働いていたことだろう。

あの時出会ったのが加賀ではなくて正仁だったとしたら、彼が自分に会いたいと思ってくれていたことを喜んだのだろうか。

朱里はそう自問自答しそうになるも、仮定をするだけ無駄なことだと、その問いを頭の中から振り払った。

あの日、加賀の手を取ったあの瞬間に自分の世界は変わり、その加賀が引き会わせてくれた蓮という大切な存在が、今もなお新しい世界を見せ続けてくれる。

それだけが事実なのだから——

「今いる業界に足を踏み入れたことは、私の人生でこれ以上ないほどの嬉しい誤算でした」

「……どうやら、私は大きな思い違いをしていたようだ」

「えっ？」

朱里が加賀ホームや蓮の傍で過ごす日々を思い、はにかんだのを見て、正仁はそれまで浮かべていた笑みを引っ込めて真顔でぽつりとつぶやく。

その言葉の意味がわからずに朱里がすぐさま問い返すと、正仁は気を取り直したように再びの笑顔を見せた。

「いえ、畑違いの仕事で苦労をされたのだろうと思っていたものですから。実際は、ずいぶんと充実していたようですね」

「充実……、そうですね。それまでの二十年間よりも、加賀ホームでの五年間の方が私にとっては価値あるものです」

加賀との別れはあまりにも悲しく、今も胸を締め付けられる思いは消えないが、だからと言ってあの温かい場所を知らずにいた方が良かったとは思わない。

そう語る朱里の表情は潔いものだった。

そんな表情を目の当たりにした正仁は、下唇を噛《か》みしめる。

「では、加賀ホームを去った今はどうでしょう？」

突然問い掛けられた内容と、それを問う正仁の表情に違和感を覚え、朱里は一瞬寒気を感じた。

「私は惜しいと思っているんですよ」

「惜しい？」

オウム返しに問いながら眉をひそめる朱里に対し、正仁は何がおかしいのか、突然声を出して笑い始めた。

「ははっ、あなたはよっぽど自分に関心がないと見える」

まるで馬鹿にしているかのような言い回しに、朱里もさすがに不快感をあらわにした。

「何が惜しいのかは知りませんが、私は自分の選んだ道に満足しています」

正仁の言う「惜しい」の意味するところが、プログラミングに関する知識なのだとしたら、そんなものに執着する人生の方がよっぽどもったいないものだと言い切れる。少なくとも、朱里は過去の自分を惜しいと思ったことは一度もなく、自分の選択に後悔など微塵《みじん》もない。

語尾を強めて睨《にら》みつけると、正仁はさらに挑発するような発言を続けた。

「加賀ホームでの日々に満足されているのはわかりました。しかし、相良都市開発に異動し、再びプログラマーに戻った今も同じことが言えますか？」

「…………」

正仁の問いかけに、朱里は息を詰めた。

「同じなんかじゃない」

そして誰に聞かせるでもなく、朱里は正仁にさえ聞こえぬくらいの小さな声でそうつぶやく。

プログラミングに関わる仕事を捨てた朱里に、温かい居場所を与えてくれたのは加賀だった。

蓮は、朱里が見たくないと蓋をしてきた過去を知り、ずっと胸に抱えてきた恐怖をも知った上で、壊さないと言ってくれた。

彼は加賀とは違った形で、朱里が自分の力を発揮しながら、純粋に仕事を楽しめる場を提供してくれたのだ。

息吐く暇もないほど忙しい日々ではあるが、以前のように自分が得体の知れぬ闇に包まれてしまう夢を見て、汗や涙に塗《まみ》れて目覚めることはない。

いつも大きな温もりに包まれて、幸せを感じながら覚醒《かくせい》する、そんな日々を送っていた。

加賀と蓮、二人とも自分の人生にとって欠くことのできない大切な人だ。

そんな二人への思いを否定するかのような問いかけに、朱里はぎりっと奥歯を噛《か》みしめた。

悔しさで何も言い返せずにいた朱里に対し、正仁は今の仕事に不満があるからこそ何も言えないのだと判断したのか……

朱里をこの場に呼んだ本当の目的を口にした。

「経緯はどうであれ、あなたはもう一度こちら側に戻ってきてくれた。それが何よりも重要なことです。高城さん、私はあなたにぜひ我が社に来ていただきたいと思っています。もちろん、待遇は相良以上のものを用意すると約束します」

突然告げられた誘い文句に、朱里はそれまで考えていたことが吹き飛ぶくらいに驚愕《きょうがく》した。

たかが学生時代に名前を耳にした程度の相手に、なぜこうも執着するのかわからない。

無論、それがわかったところで、自分の答えが変わるわけではないが——

「せっかくのお誘いではありますが、お断りします」

朱里は正仁の目を真っすぐに捕らえ、揺るぎない意志を持って言い放つ。

「形は違いますが、相良都市開発も私にとって大切な場所であることに違いはありません」

「離れがたい理由は、相良都市開発での仕事の内容ですか？　それとも、あの相良蓮がいるからですか？」

プライベートのことまで事前に調べている正仁に恐れを感じつつ、それでも朱里は毅《き》然《ぜん》と返した。

「どう取っていただいても結構です」

何と思われようとも、自分の答えが変わることはない。

朱里は確固たる意志を宿した瞳で、正仁を真っすぐに見つめる。

「私は、あなたのもとに行くつもりはありません。それにお金に目が眩《くら》んでＳＳＥに移籍するような相手なら、それこそ引き抜くのは止めた方がいいでしょう。そんな物につられる程度の人間は、いずれ同じ理由で裏切ります」

こういう時に曖昧《あいまい》な返答をすることは、相手に対して失礼だ。

そう判断し、正仁の申し出を完全に切って捨てた朱里は、この時はまだ、目の前の男の異様さに気付くことができないでいた。


二人の間にしばしの沈黙が流れた後、朱里はこれで話も終わりだろうと思い、バッグに手を掛ける。

しかし次の瞬間、正仁の吐き捨てるようなつぶやきが聞こえてきた。

「まったく忌々《いまいま》しい限りですよ。加賀義文も……、相良蓮も」

聞き間違いかと思って顔を上げると、彼の瞳の奥に宿る薄暗い炎に気付いてしまい、はっと息を呑んだ。

この人、さっきまでと雰囲気が違う……？

人懐っこい笑みを浮かべていた正仁が、突然挑発的な態度を見せたことは意外だったが、それも自分をヘッドハンティングするための演技と思えば納得できた。

だが、今の正仁に感じるのは怒りではなく恐怖だ。

相変わらずの笑みを浮かべているはずなのに、なぜかそれがとても冷たいものに見え、朱里は意図せず自分の二の腕をぐっと掴《つか》んだ。

一方、正仁は冷笑を浮かべたまま無言で立ち上がると、そのままドアの方へと去っていく。

自分に背を向けた正仁を見て、朱里は一瞬呆気《あっけ》にとられるも、やはり先程のつぶやきは聞き間違いだったのだと安堵《あんど》する。

だがその直後、ドアの前で振り返った正仁は怪しい笑みを貼りつけたまま、意外な告白を口にした。

「高城さん。先程の話の中で、私は一つ嘘をついていました。実は随分《ずいぶん》前からあなたが加賀ホームに勤めていることを知っていて、加賀社長がご存命の時に、何度かあなたを我が社に迎え入れたいとお願いに上がったことがあるんです」

「えっ？」

「もっとも、必要な人材を外に出すつもりはないと言われて、了承はいただけませんでしたが……」

初めて聞かされる事実に、朱里は衝撃を受けた。

彼の話では、加賀がずいぶん前から朱里の過去を知っていたことになる。

つまり、朱里の専門分野を知りながらも、加賀はそれを自分の会社の利益のために利用しようとは考えなかったということだ。

その事実を知り、心が震えるとはこういうことかと、朱里は苦しげに眉を寄せながら胸を押さえた。

しかしそんな朱里の目の前で、正仁はうっとりとした表情を浮かべながら、感動をぶち壊しにするような言葉を吐いた。

「加賀社長の許可がいただけないのであれば、直接あなたに話をするしかない。そう思っていた矢先、彼の病状を知ったんです。その時、やはりあなたは私のもとへ来る運命なのだと思いました」

嬉しそうに話す正仁の瞳には、狂気の色が滲《にじ》んでいた。

「五十嵐亮とは水面下で交渉をしていましてね。あの男が相続する分の株を、相場の倍値で買い取るという契約も済ませていたんです。そこをまさか、相良にしてやられるとは思いませんでした」

再び忌々《いまいま》しいとつぶやく正仁の声をどこか遠くに聞きながら、朱里の心には表現しようのない怒りが込み上げてきた。

あの馬鹿ジュニア、やっぱり一度ぶん殴ってやるべきだった。

父親の後を継ぎたいという思いが少しでもあるのかと思っていたが、結局欲しかったのは金でしかなかったのだ。

加賀が命を懸けて築き上げてきたものを、いともたやすく他人に売り渡そうとした事実に、朱里は殺気立つ。

だが、目の前の男と馬鹿ジュニアに罵声《ばせい》を浴びせてやりたくなるほどの怒りを抑えて冷静でいられたのは、加賀ホームと朱里、その双方を救ってくれた蓮へ思いだった。

「倍値で買い取るなんて、あなたに加賀ホームは必要ないでしょう?」

「箱ですよ。箱を手に入れれば中身が付いてくるというなら、それがただの段ボールに過ぎなくても、それなりの値を支払う価値はある」

正仁の言葉に、朱里は全身にぞわりと鳥肌が立つのを感じた。

人に対してこれほどの恐怖感を抱くのは、狂気に捕らわれた元恋人の姿を見た時以来だった。

「あなたが私に執着する理由がわからないわ。今まで会ったことも、話したこともないのに」

毛を逆立てた猫のように睨《にら》みつける朱里に対し、正仁はさらに笑みを深める。

「その種明かしをするにはまだ早い。あなたにはこの後、私の用意したゲームを楽しんでもらいたいと思っていますので」

「ゲーム？」

朱里が怪訝《けげん》な顔をして問い返すと同時に、正仁がドアの横に置かれたタッチパネルに指を伸ばす。

てっきり応接室の照明を調節するための操作盤だと思っていたそれに彼の指が触れた瞬間、朱里と正仁の間を隔てるように、一枚のガラスパネルが天井から降りてきた。

「なっ、何？」

突然のことに、朱里はただ唖然《あぜん》と口を開けることしかできず――

ようやく我に返った時には、すでにガラスパネルの最下部が床に押し当てられた後だった。

「ちょっ、何をやっているの！　早くこのガラスパネルを開けて！」

「すみません。セキュリティシステムが誤作動したようで、しばらくは開けられそうにありませんね」

「ふざけないでっ！」

何が誤作動だ！　たった今、意図的にタッチパネルを操作していただろうがっ！

白々しい嘘をつく正仁は涼しげな表情をしていて、朱里はようやく彼の言う「ゲーム」という言葉の意味に気付いた。

「ふざけてなんていませんよ。我が社のシステムの誤作動で、迷惑をおかけして大変申し訳ないと思っています」

謝罪の言葉を口にしながら軽く頭を下げるも、再び顔を上げた正仁の表情には不敵な笑みが浮かんでいた。

「しかしながら、復旧までの所要時間は現時点で予想ができません。……そうだ。そこの奥の机の引き出しにパソコンが入っているので、うちのシステムにアクセスして、高城さんの力でロックを解除してもらってもかまいませんよ」

「……あなた、私を本気で怒らせてどうするつもり?」

堪忍袋の緒が切れかかり、朱里は地を這《は》うような声で問い掛けた。

「先程も言った通り、ゲームを楽しんでもらいたいだけですよ。あなたが無事にこのゲームをクリアして私のもとに辿《たど》り着いたら、先程の質問にお答えしましょう」

正仁は眉尻を下げて困ったような表情を見せながら、とうとうこの茶番劇が自分の仕組んだゲームだと白状した。

さらには、「では、副社長室でお待ちしています」と言い残し、正仁はそのまま応接室を出て行ってしまう。

罪を犯しているという自覚のない男の所業に、呆然《ぼうぜん》とすること数分。

朱里はおもむろにソファから立ち上がると、部屋の奥に置かれた机へと向かった。

机の引き出しを開ければ、正仁の言う通り大画面ノートパソコンが入っており、ご丁寧にネットワークケーブルまで隣に束ねられていた。

朱里はそれをソファまで運んでパソコンを立ち上げると、早速ビル内のセキュリティシステムへのアクセスを試みる。

警報システムが作動しないように、辿った足跡を消去しながらざっと確認すると、頭の中で今後の対応についてを考え始めた。

先に監禁という攻撃を仕掛けてきたのは正仁の方だ。

それならば、自分がクラッカーまがいの行為をしたところで、不正アクセス禁止法違反の罪に問われることはないだろう。

とはいえ、正仁の企み通りに動くのは癪《しゃく》にさわるし、ここを出た先でさらなる罠が待ちかまえている可能性もある。

リスクを回避するためにも、あまり迂闊《うかつ》なことはできないと考え込んだ。

「確かに、日本の企業にしてはセキュリティシステムをしっかりと構成しているみたいだけど、それなりよね」

そうつぶやきながら、かちゃかちゃかちゃとキーボードを叩き続けること約二分。

いとも呆気《あっけ》なく、先程降ろされたガラスパネルが再び天井へと収納されていく。

「まさかこの歳で、業務時間内にゲームをすることになるとはね。しかもリアル脱獄ゲームって……」

タバコやお酒は二十歳からというけれど、いっそゲームは二十歳までと、法律で縛ってみてはどうだろうか。

ゲームを愛する大勢の大人たちを敵に回すような提案を思い浮かべつつ、朱里はソファに寄りかかって目を閉じた。

ざっと見ただけでも、攻略しなければならないポイントは少なくない。

今いる応接室のドアロックに始まり、意図的にこの階には止まらないように設定されているエレベーター、応接室や社内各所に設置された監視カメラもまた、ここから出るための障害だ。

とはいえ、それらを攻略して正仁がいる副社長室に行くのは、そう難しいことではない。

しかし、正仁が真に求めているのがプログラマーとしての自分なのだとしたら、このゲームを簡単にクリアすればするほどドツボにはまる予感がした。

「世間知らずのお坊ちゃんの思い通りになるなんて、真っ平御免だわ」

彼がいかに自分の逆鱗《げきりん》に触れたのかを思い知らせてやらなければならない。

闘争心に火がついた朱里は、パソコンモニタを前に指を数回ぽきぽきと鳴らした。

時を同じくして、応接室の監視カメラの映像を見ながら、正仁が黒い笑みを浮かべていた。

＊＊＊

「ガラスパネルはものの二分で外されたか」

愉快そうにつぶやく正仁とは対照的に、彼の目の前でパソコンを操作している男の表情は青褪《あおざ》めており、額に引っ切り無しに浮かぶ汗をワイシャツの袖で乱暴に拭《ぬぐ》っていた。

「さすが副社長が見初めた方ですね。処理速度が速過ぎて追いつけない」

男はSSE切ってのプログラマーで、この社のセキュリティシステムを構築したチームの主任を務めるほどの技量だった。だが、そんな彼をもってしても、朱里の足元にも及ばない。

先程から、朱里がシステムに侵入した経路を探ろうと躍起《やっき》になっているものの、その足跡一つ見つけられない状況に困惑していた。

「次はドアロックを解除して、エレベーターを呼び寄せると思うが。先回りできるか？」

「はい、……ん？」

早速作業に取り掛かろうとした矢先、男は目を凝《こ》らしたまま手の動きをぴたりと止めた。

「どうかしたか？」

「どうやら彼女はセキュリティシステムへのアクセスをやめて、外部ネットワークへのアクセスを仕掛けているようです」

「アクセス先はわかるか？」

正仁の問いかけを受け、男は再び作業を開始する。

そして数分が経過したところで、驚きの声を上げた。

「これはっ……、ルートを塞《ふさ》いで追跡できないようにしているようです」

想像を上回る朱里の能力の高さを知り、正仁は笑い声を上げそうになるのを堪《こら》えながら命令を下した。

「なら、それ以上は追跡しなくてもいい。代わりに、社内ネットワークを経由して警察やその他の公的機関にアクセスできないように対処しろ」

「はい」

「やはり、そう簡単にこちらの筋書きに従ってはくれないか」

正仁はそうつぶやくと、モニタの向こう側で自分が見たいと思っていたプログラマーの顔をしてパソコンに向かう朱里を、満足げに見下ろしていた。

第十七話

「モデル事業の都市開発に関して、第一次施工期間となります半年間のスケジュールをまとめた資料をご覧ください」

朱里が憤《いきどお》りながらパソコンに向き合っている時、蓮は自社ビル内で会議の席に着いていた。

「着工前の準備については、すでに加賀ホームとの擦り合わせを完了し、資材の確保もできています。ですが、現在着工しているビル建設の方に遅れが出ていまして、人員不足が懸念《けねん》されます」

建築技術部の部長から説明を受け、蓮はスケジュールのチェックをしていく。

室内には二人の他に営業部長や数名の役員がいて、相良都市開発の来期末までの計画について話し合っていた。

現在、相良都市開発では都内のオフィスビル建設を行っているのだが、連日の悪天候が影響して進行がだいぶ遅れており、工期がモデル事業の都市開発と一ヶ月間重なるという問題が発生してしまっていた。

「須田の手配で間に合いそうか？」

「はい。向こうの抱えている案件を二、三件先延ばしにしていただけたようです」

「それは美味い酒を奢《おご》るくらいでは済まされそうにないな」

かつての右腕から見返りとして何を求められるかと想像し、蓮は苦笑いを浮かべるものの、無理な増員をせずに済みそうだとほっと胸を撫《な》で下ろす。

だが、安心してばかりもいられず――

モデル事業の案件の次には大型ショッピングモール建設の受注が決まっており、その他にも打診されている仕事は多い。

今後も増えていくであろう受注に、いかに対応していくかという問題は依然として残っていた。

「スケジュールを前倒しする必要がありそうだな。須田の方に余裕があるかどうかは俺から聞いておく。それと、今後を見据えて社内の人材育成の強化を図るぞ。後で研修部と人事部の部長をこちらに寄越してくれ」

「はい」

仕事が切れないのは、信頼に足りるだけの結果を出してきたからだという自負がある。

それ故、いくら猫の手も借りたくなるような状況だからと言って、付《つ》け焼刃《やきば》の人員補充はしたくなかった。

無理に寄せ集めたチームで仕事に臨《のぞ》んで綻《ほころ》びが生じれば、それはやがて大きなリスクとなって降りかかってくるだろう。

そんなことは容易に想像できる。

今のスタッフを効率よく配置するための調整が必要だと、蓮は腕組みしながら考える。

「朱里にも、また無理を強《し》いることになるな」

公私の別はお互いにきっちりしているとはいえ、体力勝負の仕事において、女性である朱里に係る負担は男のそれを遥《はる》かに上回る。

黙っていればどこまでも無理をする朱里だからこそ、今後些細《ささい》な体調の変化も見逃さないようにしなければ……と蓮が決意したタイミングで、突然だだだだっというけたたましい足音が聞こえてきた。

廊下から響くその足音に、会議室内にいる者たちが一斉に、なんだなんだと騒ぎ出す。

そして程無くして、会議室のドアが勢いよく開け放たれた。

「し、失礼します」

玉のような汗を額に浮かべ、ドアを蹴破らんばかりの勢いで会議室に入ってきたのは右京だった。

「おいおい、会議中だぞ」

あからさまに顔をしかめ、「どこの部署の人間だ！」と文句を言うのは古株の一人だ。

しかし、右京が朱里の部下であることを知る蓮は、彼を咎《とが》めることなく席を立った。

「右京、何があった？」

その問いかけに、右京の背筋がぴんと伸びる。

蓮は、この場に現れたのが朱里ではなく右京だということに、嫌な予感がして眉間《みけん》にぐっと皺《しわ》を寄せた。

「えっと、社内のコンピュータの数台がクラッキングされていて、それを報告に……」

「クラッキング？　朱里はどうした!?」

朱里がいながら不正な侵入を許すとは……と、蓮は信じられない様子で声を荒らげ、目の前にあった机を飛び越える。

朱里を名前呼びしたことで周囲の者たちが目を丸くするが、そんなことはお構いなしに、蓮は右京のもとへと歩み寄った。

「この人でも焦ることがあるんだ」とでも言いたげな目をしている右京に、蓮は至近距離から射抜くような視線を向ける。

すると、慌てて我に返った様子の右京が口を開いた。

「それが、朱里さんとは連絡が取れないんです。二時過ぎには戻ると言っていたんですけど、携帯に何度連絡しても出てくれなくて」

すでに時刻は午後三時になろうとしている。

しばらくは朱里からの折り返しの連絡を待っていた右京だったが、そうしている内に三十分も経過してしまい、非礼を咎められるのは覚悟の上で、この場に乗り込んできたのだという。

「戻る？　朱里はどこかに出かけているのか？」

「はい。急に人に会う予定ができたとかで、挨拶程度だからすぐに戻ると言っていたんですけど」

そんな話は聞いていない。

蓮が顔をしかめたその時、会議室内で一人びくついている男の姿を視界の端に捉えた。その顔からは、わかりやすいほどに血の気が引いていた。

「岩上……」

蓮の刺すような視線に会議室内が静まりかえり、岩上の「ひっ」という声がやけに大きく響く。

「何をした？」

唸《うな》るような声で問われた岩上は、まさに蛇に睨《にら》まれたカエルだった。

「勝手なことを……」

岩上の震える声で発せられた説明を聞き終えると、蓮の周りには誰の目にも明らかなほどドス黒いオーラが漂っていた。

朱里に会うことを望んだサニーソフトウェアエンジニアリング、通称ＳＳＥと呼ばれる会社の保科正仁という名に、蓮は聞き覚えがあった。

その名を口にしたのは加賀で、プログラマーとしての朱里の才能を買い、欲している男がいるという話だった。

けれどまさか自分のもとに連れてきてもなお、諦めきれぬ程の執着を持っていたとは誤算だった。蓮は舌打ちしながら、今まで何の対応もしてこなかったことを悔いた。

「つまり、朱里はその保科のもとに行って帰ってこられない状況になり、その隙を狙ったようにクラッキング被害が発生したということだな」

その二つの不測の事態が、偶然同時期に発生したと考えるのは不自然だ。

蓮は怒りに震える手で、持っていた資料をくしゃりと握り潰《つぶ》した。

「右京、被害の状況を説明してくれ。データの流出や破壊などの被害は出ているか？」

「それが……」

返答に困った右京は、百聞は一見にしかずとばかりに、小脇に抱えてきたパソコンを開いて操作を始めた。

「感染範囲は局所的です。設計や総務、営業など各所でそれぞれ二、三台ずつ、いずれも管理職のパソコンにウイルス感染の症状が出ています。特定のＩＰアドレスを狙い撃ちしているようにも見えます」

まるで内部事情を知っているかのような攻撃の仕方に、蓮の表情が険しさを増す。

「どんな症状が出ている？」

「情報を流出させる類《たぐい》のものではありませんが、通常のデータ処理の一切ができなくなり、画面にはアニメ映像が常時流れ続けています。内部データの消失に関しては、現状ではわかりません」

「アニメ映像？」

「はい。こちらを見ていただければわかるかと」

言いながら、右京はパソコンモニタを蓮から見やすい位置に動かし、パチンとエンターキーを弾く。

すると一瞬、画面が真っ暗になり、次いできっきっきっという不気味な鳴き声がスピーカーから流れてきた。

「何だ、これは……」

思わず眉をひそめた蓮が見つめる先には、右京の言った通り、アニメ映像が映し出されていた。

先程聞こえてきた音は、悪魔をモチーフとしたキャラクターの笑い声のようだ。そして口の両端をつり上げて笑うそのキャラは、画面手前まで近づいてくる。

だがすぐにくるりと身を翻《ひるがえ》し、コウモリたちを引き連れて岸壁の上に建つ城へと飛んで行った。

城のバルコニーには、縄で拘束されたドレス姿のウサギが見える。

悪魔はウサギの横に立つと、口元に手を当てながら再びきしししっと笑う。

すると次の瞬間、画面右下に吹き出しが現れた。

『王子よ。お前の大事なウサギは預かった。取り戻したければ、我が城へと来るがよい。いつでも相手をしてやろう』

それはまるで、遠い昔に流行ったファミコンゲームのプロローグ映像のようだった。

どうやら映像はそこで終わりのようで、画面はしばらく静止した後、先程のアニメ映像をリピートし始めた。

なぜこんな映像が送りつけられてきたのか。

愉快犯か？　と一同が騒然としている中、蓮は拳を握りしめてうつむいた。

「社長……」

右京はパソコンに流れ続ける映像を止めると、沈痛な面持ちで蓮を見た。

朱里がここにいないことと、この映像が送られてきたことは、やはり無関係ではない。

彼女を部下として、そして一人の女として大事に思っている蓮が、今その胸にどれほどの憤《いきどお》りを抱えていることか……と周囲の者たちは押し黙る。

しかし、当の本人はまったく別のことを考えていた。

会議室にいる者はすべて、蓮がうつむいた理由を、恋人をさらわれた悔しさを抑え込もうとしているからだと思っていた。

けれど実際は、今にも笑い出しそうになるのを必死で堪《こら》えていただけだった。

実は先程見たアニメ映像の中に、蓮にしかわからない暗号が示されていたのだ。

それは吹き出しの部分、『王子よ』と書かれた文字の右側に一瞬だけ小さく表示された、有名アニメキャラの絵文字だ。

それを気に留める者などほとんどいないだろうが、蓮だけは違った。

なぜなら、そのキャラは朱里が蓮に夕食を作る際に、好んで使う食器類に描かれている物だったからだ。

きっかけは朱里が初めてお子様ランチプレートを作った時だった。蓮がそのキャラを好きだと勘違いしたのか、それとも当時、高圧的態度で接していたことに対する反抗心だったのか。

カップやフォーク、ナイフ、スプーンに至るまで、そのキャラ物で揃え、朱里が全開の笑顔を見せたことは記憶に新しい。

それらは朱里と蓮、二人だけの思い出で、それをＳＳＥの保科正仁が知っているはずはない。

それに気付いてしまえば、自社で起こった未曾有《みぞう》の事態の原因を推察するのは、そう難しいことではなかった。

つまりこれは外部の者からの攻撃ではなく、朱里自身が蓮に対してメッセージを送るために起こしたパフォーマンスだということ。

こちら側の業務に支障が出ないように、IPアドレスを指定してこの映像を送るのも、朱里だからこそできたことだ。

間違っても朱里が脅《おど》されてこんなことをするような性格の女ではないということは、誰よりも蓮が一番よくわかっていた。

先程の映像には、朱里が今も無事であるという事実と、蓮に助けに来てほしいというメッセージが込められていたのだと確信する。

敵味方関係なく意表を突くその度胸と能力の高さに、蓮は込み上げる笑いを何とか噛《か》み殺した。

「今日の会議はここまでとする。残りは後日、改めて場を設けよう」

蓮は笑いを収めると、頭の中で朱里の奪還に向けた算段を始めつつ、いまだに状況が把握できていない部下や役員たちに向けて言い放った。

「社長、今日は四時から雑誌取材の予定が……」

「これからの予定はすべてキャンセルだ。例外はない」

有無を言わせぬ毅然《きぜん》とした物言いに、蓮を引き留めようと詰め寄ってきていた役員もぐっと息を呑んだ。

「話は以上だ。右京」

「はっ、はい」

突然話を振られて右京が上ずった声で返事をすると、蓮は今後の対応についての指示を出した。

「おそらく今回のウイルスに関しては大事にはならないと思うが、感染したパソコンの所有者に、代替品を用意できるか？」

「はい。うちで保管している新品のパソコンが数台あるので、必要なソフトをインストールすれば使えるかと」

「なら、すぐに取りかかってくれ。俺はこれから朱里を連れ戻しに行ってくる」

「はいっ！」

朱里の奪還を宣言する蓮に、右京はびしっと背筋を伸ばして大きな声で応じる。

その返事に蓮が「頼んだぞ」とその肩を叩けば、右京は感激した様子で瞳を潤ませた。

そんな右京と、いまだに困惑している部下や役員らを残し、蓮は足早に会議室を後にする。

その後、一度社長室に戻って車のキーを手に取ると、長い脚を十二分に活かして駐車場へと急いだ。

「それにしても、あそこでウサギをもってくるとはな」

蓮のことは王子と呼んでおきながら、自分のことを姫と呼ぶのは躊躇《ためら》われたのか。妥協点《だきょう》として可愛らしいウサギのキャラクターを持ってくる辺りが朱里らしいと喉を鳴らしつつ、愛車のもとへと辿《たど》りつく。

「すぐに行くから、無事でいろよ」

蓮はそうつぶやくなり愛車のエンジンを掛け、SSEに向けて車を発進させた。

「相良都市開発の相良蓮だ。副社長に急ぎの用があって来た。取り次いでくれ」

SSEに到着するや否や、蓮は入り口のセキュリティチェックで朱里が訪問している事実を確認した。

それから守衛所に預けられていた彼女の手荷物をもぎ取り、かつかつと靴音を響かせて受付へと詰め寄る。

蓮の姿を見た受付係の女性は、ハートマークを撒き散らさんばかりの笑顔で迎えたのだが――

開口一番、「さっさとしろ！」と言わんばかりの鋭い視線で睨《にら》むと、慄《おのの》いて身を反らした。

一向に行動を起こす気配を見せない受付係に舌打ちし、催促するようにカウンターの上を指で叩く。

するとその音にはっとした受付係は、慌てて受話器を手に取り、内線を掛けた。

『……俺だ。どうした？』

「フロントに相良都市開発の社長がお見えです。副社長に急用があるとのことですが、いかがいたしましょうか？」

ツーコール目で電話を取った相手に、受付係は手で口元を隠しながら小声で状況を報告する。

漏《も》れ聞こえてくる声から察するに、蓮の要求通り正仁に取り次いでいるようだ。

蓮は彼女から電話を奪い取ってやりたい衝動を必死で抑えた。

冷たい視線を一身に浴びながら、正仁の指示を仰ぐ受付係に対し、返って来た言葉は蓮の意に添わぬものだった。

『今は忙しい。後日にしてもらえ』

「……はい」

正仁の返答に青褪《あおざ》めながら、受付係は一旦受話器を口元から離し、蓮へと向き直る。

お得意の営業スマイルを浮かべているつもりなのだろうが、その類はわかりやすい程に引きつっていた。

「副社長は本日予定が詰まっておりまして、お会いするのは後日に……」

まだ言い終わらぬ内に、蓮は両手でばんっと受付カウンターを叩く。

受付係は驚いて目を見開き、その音を耳にした警備員は受付カウンターに駆け寄るべきかどうかを迷いながら、蓮に向けて視線を固定した。

「忙しいのはこちらも同じだ。副社長に伝えろ。逮捕・監禁罪で警察に通報されたくなければ、さっさと俺を中に入れろとな」

飢えた獣のような目で睨《にら》まれ、受付係はカタカタと震えながら再び受話器を口元にあてた。

「副社長……」

『……一時間後にロビーに行くと伝えろ』

受話器を通して蓮の怒鳴り声が聞こえたのか、正仁は一言告げるなり一方的に電話を切った。

それでも受付係はようやくこの状況から逃れられると安堵《あんど》した様子で、エントランス前の応接セットを指し示した。

「副社長は一時間後にお会いするとのことです。時間まで、そちらでお待ちください」

彼女に言われるまでもなく、電話から漏《も》れる正仁の声を聞いた蓮はぐっと奥歯を噛《か》みしめた。

一時間もこんな所で待っていられるか！

そう叫んでしまいたかったが、そのような真似をすれば、一時間後でさえ中に入ることができなくなるかもしれない。

「朱里……」

蓮は歯がゆい思いを抱えながら、示されたソファに腰を下ろすことなく、エントランスの中をうろうろと歩き始めた。

そうしている内に、十分ほどが経過しただろうか。

蓮はフラッパーゲート越しに、ビルの上階へ続く階段を見つめていた。

先程から、何度このフラッパーゲートを飛び越えてしまおうと思ったことか。

警備や受付係の目がようやく外れたので、今すぐにでも行動に移すことはできる。

しかし、ここを越えたとしても、この先の各所に設置されているであろうセキュリティシステムを力技で突破していくことはできないだろう。

そんな考えが重い足枷《あしかせ》となっていた。

だが、一刻も早く朱里のもとに辿《たど》り着かなければという危機感が、段々と判断を狂わせていく。

そしていよいよ我慢も限界だとばかりに、蓮が堪《たま》らずゲートの端に手をついたその時――

ぴっという小さな電子音が聞こえ、突然目の前にある一台のフラッパーゲートが開かれた。

何が起こったのかわからずに思わず周囲を見渡すも、当然ながらその場には自分以外の誰の姿もない。

そして視界の端に一台の監視カメラの存在を捉えた瞬間、蓮は無意識につぶやいた。

「朱里か……」

その名を声に出してみれば、予想はすぐに確信に変わった。

助けに来いと言うわりに、お膳立ては完璧に済ませておくなんて、何と守りがいのないことか。

自分の愛する女は、何の策も無しにただ助けを待っているような女ではなかったと、今さらながらに思い至って忍び笑いをした。

「待っていろよ」

誰に対する宣戦布告ともつかない言葉をつぶやくと、蓮は素早くフラッパーゲートを通り抜け、フロアの端にある階段へと駆け出した。

第十八話

「う〜ん。わかっていたこととはいえ、天は二物以上でもさらっと与えちゃうのね」

パソコン画面に映し出されているのは、ＳＳＥの社内各所に設置されている防犯カメラの映像だ。

画面を見て朱里が思わずそうこぼしている間にも、蓮は颯爽《さっそう》と階段を駆け上がり続けていた。

まるでドラマのワンシーンのような映像に見惚《みと》れそうになるも、すぐに気を取り直す。

そして自分がいる応接室に設置してあるものも含め、彼の行く先にある防犯カメラの映像を、次々にダミーのものへとすり替えていく。

社内の様子を監視しているであろう正仁たちに、蓮の行動を把握されないためにだ。

「それにしたって、十五階分もノンストップで駆け上がるってすごいわ」

作業中も常時画面の端に映し続けている映像からは、階段を二段飛ばしで駆け上がり続ける蓮の姿が見える。

朱里はその底なしの体力に呆《あき》れるべきか、尊敬するべきかを本気で悩んだ。

微妙な表情の変化までは把握できないが、少なくとも息苦しそうには見えない。

あのいい身体は伊達《だて》じゃなかったんだなと、思わず鍛え抜かれた蓮の上半身を思い出しそうになり、朱里は慌てて首を振った。

こんな状況下で、恋人の裸体を想像するような変態に成り下がるわけにはいかない。

誰に言うでもなく心の中で叫びながら、朱里は意識を目の前の画面へと集中させる。

そしてドアロックのシステムを操作し、蓮が通り掛かるのを見計らってかちゃかちゃとオフィスフロアへと続くドア鍵の開閉音を鳴らした。

もちろん、その階に人気《ひとけ》がないことは確認済みだ。

するとその小さな音を聞き漏《も》らすことなく、蓮はドアの前で足を止めた。

そしてドアノブに手を掛けて、フロア内へと足を踏み入れる。

「さすが社長！」

まさか一度のトライで気付いてもらえるとは思わず、朱里は指を鳴らす。

それから再びパソコンに向かい、今度は彼の進む先にあるエレベーターの映像に切り替えた。

階下のエレベーターホールの様子を確認すれば、一向に扉が開かないことにイライラしてボタンを連打する社員の姿が見えた。

その社員に向けて、朱里は「ごめんね」と片目をつぶって謝りつつ、蓮がエレベーターの前に着く瞬間を見計らって扉を開く。

そこから先はもう、二人の再会を阻《はば》むものなど何一つなかった。

蓮を乗せたエレベーターを自分がいるフロアに停めると、最後の仕上げに応接室のドアロックを解除する。

「社長……」

廊下に目を向ければ、そこには捕らわれのウサギを奪還に来てくれた王子の姿があった。

だが、思わず駆け出しそうになる朱里にブレーキを掛けたのは、彼女を目に留めた瞬間に蓮が見せた予想外の反応だった。

安堵《あんど》した表情をするのかと思いきや、蓮はいきなりくわっと目を見開いて鬼のような形相《ぎょうそう》を見せた。

そして次の瞬間、短距離走の世界記録を更新できるのではないかというスピードで、朱里のもとに突進してきた。

途端、再会の喜びよりも恐怖が込み上げてきて、朱里は思わず身を翻《ひるがえ》そうとするも一足遅く――

「朱里っ！」

蓮はそう叫ぶなり、駆け寄った勢いのまま、がばっと朱里の身体を両腕で抱き込む。

その勢いで二人の身体は応接室の中へと飛び込んで行き、蓮の持っていた鞄《かばん》がどんっと鈍い音を立てて床に落ちた。

何も知らない第三者には、ドラマのワンシーンのような美しい再会の様子に見えたに違いない。

しかし、感動の奪還劇の主役であるはずの朱里は、胸が熱くなって泣きじゃくるどころではなかった。

蓮が心配してくれたことは十分に伝わってきて、それは素直に嬉しい。

でもこの時朱里を襲ったのは、喜びでも感動の嵐でもなく、全身を駆け巡る激痛だった。

「いたたたたたっ」

鍛え抜かれた身体が繰り出す腕力は、半端ではなかった。

抱き返すためではなく、苦痛から逃れるために朱里は蓮の背中に手を回す。

そして気絶する寸前で、わずかに残った力を振り絞りながら、広い背をばんばんと叩いた。

「離しっ……、んぐぅ」

だが、渾身《こんしん》の力を振り絞った抵抗も空しく、我を忘れた様子の蓮によって熱烈なキスをお見舞いされてしまい――

し、死ぬ……

この時、朱里は遠のく意識の向こうに、きらきらとした川のせせらぎを見た気がした。

内臓が口から飛び出しそうになるくらいに強く抱きしめられ、その上、口を塞《ふさ》がれたとなれば、瀕死《ひんし》の状態に陥《おちい》るのは当然だ。

助けに来てくれた恋人に、まさか息の根を止められそうになるとは……

朱里には、もはや抵抗する力など微塵《みじん》も残っておらず、酸欠になりながら意識を手放しかける。

すると、ようやく異変に気付いた蓮が慌てて唇を離し、朱里の腰に回した手で反り返った身体を支えた。

まさに危機一髪。

なんとか息を吹き返した朱里は、ぜぇはぁと深い息を繰り返して呼吸を整えると、涙目で蓮を見上げ、厚い胸板を拳で叩いた。

「社長っ、私を殺す気ですか⁉」

朱里のあまりに必死な形相《ぎょうそう》に、ようやく事の重大さを把握したのか――

「すっ、すまん……」

蓮は真綿で包み込むように朱里を抱き寄せ、なだめるために優しく背をさすった。

そうしている内にようやく呼吸と気持ちが落ち着いてきた朱里は、生きていることに感謝しながら、ここに来てからのことを手短に説明した。

「つまり保科は、朱里が留学をしていた頃から付け狙っていたということか」

「まぁ、そんな感じみたいです」

蓮の怒りの炎に油を注ぐことがないように、言葉の選択には細心の注意を払ったつもりだ。

けれど正仁の言動を説明する言葉の端々に彼の執念を感じたのか。蓮の表情はみるみる厳しいものに変わっていった。

「携帯で連絡しようにも、入り口で取り上げられてしまって。仕方なく、あの映像を送ってここに閉じ込められていることを知らせようと思い立ったんです。結果として、社内に混乱を招くことになってしまって、申し訳ありませんでした」

被害を最小限に抑える配慮はしたものの、それでも騒ぎを起こしてしまったことを申し訳なく思い、ぺこりと頭を下げた。

すると蓮は朱里の頭に手を乗せ、大丈夫だと言うように髪をくしゃりと撫《な》でた。

「いや、すぐに知らせてくれてよかった。パソコンが使えなくなった社員にも、右京が代替品を渡しているはずだから問題ないだろう」

「それはよかったです」

映像は一時間もすれば自然に消滅するように設定しておいたのだが、とりあえず仕事に大きな穴を開けずに済んだようだ。

り出した。

安堵《あんど》する朱里に向けて、蓮は先程落とした鞄《かばん》の中からクッション材に包まれた物を取り出した。

「それと、これを渡しておく」

「それって……」

蓮が差し出したのは、朱里が没収された携帯とモバイルパソコンだった。

「戻るには、それが必要だと思ってな」

「ありがとうございます」

どうやってこれらを取り返すことができたのか。

一瞬、守衛に脅《おど》しを掛ける蓮の姿を想像してしまい、朱里はぶるっと身震いする。

そしてここは何も突っ込まず、抱いた疑問を思考の彼方に流してしまった方が賢明だと判断した。

何はともあれ、モバイルパソコンが手元に戻ってきたことは素直に有難い。

今まで使っていた大画面ノートパソコンの方が処理能力は速いが、持ち運びに多大な労力を要するという難があった。

ここを出るためには、この上ない必需品だ。

パソコンを受け取ると、朱里はすぐさま今までのデータを移し替える作業に取り掛かった。

「よしっ、これで完了っと」

すべての作業を終えて一息吐くと、それまで黙って作業を見守っていた蓮が口を開く。

「これから、どうするつもりだ？」

「そうですね。とりあえず二択です」

「二択？」

問い返されるや否や、朱里は口角を上げて蓮を振り返った。

蓮の瞳の中にも正仁に対する消えることのない怒りが見える。このまま黙って帰るつもりはさらさらないという意志が感じられた。

それを止める気がない自分も、相当憤《いきどお》っているのだなと自覚する。

「選択肢その一、このまま時限爆弾を仕掛けて大人しく社に戻る。選択肢その二、思いっきり抗議してから、時限爆弾を仕掛けて帰る」

どちらにせよ、朱里が「時限爆弾」と称した報復を免《まぬが》れることはできない。

そう伝えれば、蓮は面白そうに笑いながら選択権を行使した。

「なら、その二で決定だ。このまま大人しく帰るというのは、俺の主義に反する」

――朱里がどのような報復をするつもりなのかはわからないが、それで相手が素直に膝《ひざ》を折るという保証はない。それならば、朱里に直接このような真似をしでかした相手に、牽制を兼ねた報復をするのは他の誰でもない、自分だろう——

そんな風に訴える蓮の瞳を見つめながら、朱里はこくりとうなずいた。

「らじゃ」

短く告げると、パソコンを持ち上げ、手早く作業に取り掛かる。

さぁ、反撃開始だ。

今はまだ、自分が蓮と再会したことにさえ気付いていないであろう正仁に向け、朱里は小さくつぶやいた。

第十九話

かちゃ。

目的地である副社長室のドアを開け、蓮は朱里を伴って中に入った。

直後、入り口付近でパソコンに向かっていた男がぎょっとした様子で振り返り、慌ててその場に立ち上がる。

その先、部屋の一番奥にあるデスクについていた正仁は、椅子をゆっくりと回転させた。

そして朱里と蓮の姿を目に留めると、一瞬眉をひそめた後に薄い笑みを浮かべる。

「そういうことでしたか」

ぽつりとこぼした言葉は、二人のこれまでの動きを把握できていなかったことを証明していた。

「行っていいですよ」

正仁が部下にそう告げると、男はパソコンを抱えていそいそと退散する。

ぱたりとドアが閉まる音を聞き終えると、蓮は朱里を自分の背に隠すようにして一歩を踏み出した。

「保科、よくもこんなふざけた真似をしてくれたな」

「これはこれは、相良さん。わざわざ我が社までご足労いただき、ありがとうございます。ですが、お会いするのはもう少し先の予定だったかと思っていたのですが……」

悪びれもせず話す正仁に、蓮は胸ぐらを掴《つか》みたくなる衝動を必死に堪《こら》えた。

自分の背にそっと触れている温かな掌《てのひら》の感触が、ストッパーになっていた。

我を忘れそうになる激情さえも静めてくれる、大事な女。

だからこそ絶対に手放せないし、それを攫《さら》おうとした正仁に激しい憤《いきどお》りを覚える。

だが、底冷えするような蓮の冷たい視線を浴びても、正仁は怯《ひる》む気配など微塵《みじん》も見せなかった。

「そんな怖い顔をしないでくださいよ。ヘッドハンティングに、雇用主の許可はいりませんよね？」

「何がヘッドハンティングだ。お前のやったのは逮捕・監禁罪という立派な犯罪だ」

正仁と初めて対峙した蓮は、彼がアブナイ奴だということを身をもって感じながら吐き捨てた。

一方、容赦《ようしゃ》ない叱責《しっせき》を受けた正仁はというと、わざとらしく肩をすくめて朱里の方へと視線を移す。

「そういえば、質問の答えを教える約束でしたよね？　私があなたを欲する理由を。……それはあなたと私が同類だからですよ」

「同類？」

「あなたの中には、私と同じ虚無感がある。そして、それを自覚している。だからこそ、私たちはお互いを理解し合い、最高のパートナーになれると思ったんです。実際にあなたに会って、ますますそう確信しました」

なんて自分勝手な言い分なのだろう。

朱里は複雑な表情を浮かべていた。

怒りよりも呆《あき》れよりも、正仁を心から可哀想だというような表情を——

「確かにあなたの言う通り、虚無感に心を支配されていた過去があったわ。でも今は違う。私はあなたのパートナーにはなれない」

「やはり答えは変わりませんか……」

「あなたには手に負えない女だと、十分証明したつもりだけど？」

挑発するように笑う朱里に、正仁は片眉を上げた。

「確かに、今回のゲームは私の完敗です。ならば、待つとしましょう。あなたが私の言葉の意味を理解する、その時まで」

正仁がそれでも諦めぬと宣言すると、蓮が即座にそれを切って捨てた。

「敗者復活なんていうご都合主義が許されるとでも思うのか？　俺はどんな高みまでも朱里を連れて行く。お前のもとへ朱里が降りてくることはない。わかったら、さっさと諦めろ」

朱里は自分のものだと宣言すると、ほんの一瞬、正仁の顔が嫉妬《しっと》で歪《ゆが》む。それを蓮は見逃さなかった。

形勢逆転とばかりに蓮はにやりと笑い、背後にいる朱里の腰に腕を回して自分の懐《ふところ》に抱き込む。

「俺の女にちょっかいを出しておいて、まさかこのままで済まされるとは思っていないだろうな？」

その挑発的な問いかけの裏に秘められた意図に感付いたのか。正仁は今度こそ敵意をむき出しにしながら蓮を睨《にら》みつけた。

うだ。

見下すような視線を向けながら言った蓮の言葉の真意を、正仁はようやく理解したよ

「うちはここよりも歴史が古いからな。その分、会長の顔も広くて助かる。ここの株主の大半が親父の顔見知りだとわかるまでに、大した時間はかからなかった」

口調が変わった正仁に、蓮は容赦《ようしゃ》ない言葉を投げつける。

「何をした？」

「少しでも長く御山の大将でいたいのなら、今後一切、人のものに手を出そうなんて考えず、お行儀良くしていることだな」

誰の目から見ても、この勝負の勝者は明らかだった。

「俺が先に見つけたんだ……」

うなだれながら、正仁は恨みがましげにつぶやく。

しかし、それすらも蓮は鼻で笑い飛ばした。

「順番が大事か？　なら教えてやる。こいつを見つけたのは、俺の方が遥《はる》かに先だ」

その言葉に驚愕《きょうがく》し、正仁は目を見開いて蓮の顔を凝視する。

しばらくそうした後、蓮の瞳に偽りがないことを悟り、正仁は今度こそ言葉を失って崩れ落ちた。

「社長？」

朱里にとっても自分の言葉は初耳だったはずだ。

案の定、その真意を問うような目で見上げてくる。

蓮は「帰ったら話す」とだけ告げ、朱里の背に掌《てのひら》を添えながら部屋を出るように促《うなが》した。

だが副社長室を出る直前、朱里ははっと何かを思い出したように背後を振り返る。

次いで、もはや顔を上げる気配すら見せない正仁に向けて言い放った。

「保科副社長、あなたの用意してくれたゲームのお礼と言ってはなんですが、私からも一つ、ゲームを用意させていただきました。お楽しみいただけることを願っています」

言い終えると同時に、二度と会わないという決意を込めた瞳で一瞥《いちべつ》し、そっと副社長室の扉を閉めた。


「さっきあいつに言っていたゲームというのは、何のことだったんだ？」

朱里が愛車の助手席に乗り込むのを確認し、蓮はエンジンを掛けてそう問い掛ける。

シートベルトを着けながら携帯を操作していた朱里は、意味深な笑みを浮かべた。

「ちょっとした時限爆弾を仕掛けてきたんです」

「時限爆弾？」

そういえば、副社長室に乗り込む前にもそんなことを言っていたなと思い返し、蓮は車を発進させ、問い返した。

すると朱里はようやく携帯から手を離し、それを鞄《かばん》にしまいつつ説明した。

「今頃はたぶん、仕掛けた爆弾が爆発している頃だと思いますけど……。ＳＳＥのすべてのパソコンを、時間差で使用不能になるよう仕掛けてきたんです」

「中身のデータを破壊したということか？」

だとしたら、ずいぶんと大胆なことをしでかしたものだと驚く蓮に、朱里は首を横に振った。

「いえ、それだと罪に問われる可能性がありますから」

そんなへまはしませんと言う朱里は、知的な報復を仕掛けたとは思えない、子供のような無邪気な笑みを浮かべた。

「データは壊していませんが、パソコン画面を黒塗りしたような状態に見せかけたり、マウスを近づけるとアイコンが逃げ回って鬼ごっこするように設定してみたり、まぁ色々です」

もちろん、世間で出回っているウイルス駆除ソフトでは対応できないような仕掛けになっているのだという。

それらは、監禁というゲームを仕掛けてきた正仁に対する意趣《いしゅ》返しだった。

自分にプログラマーとして挑んでくるつもりなら、このくらいの障害はさっさと回復させてみろという喧嘩腰の姿勢を、朱里はあえて見せつけたのだ。

「一応、選択権は与えてあげたんですよ？」

「選択権？」

「今さっき、彼の父親である保科社長に状況報告を兼ねてメールを出しておきました。きちんとご子息と向き合い、二度とこのような事態を引き起こさないと誓うのであれば、すぐにでもこのゲームを終了しますという内容を記載して」

先程、朱里のことを同類だと語った言葉から、彼の中にある虚無感に彼の家族が影響しているのは間違いないだろう。

そして岩上の話を聞く限りでは、正仁の父親は息子に無関心でもなければ愛情がないとも思えない。

それならば、彼の父親が闇に落ちた正仁の心を救う光となれる可能性もゼロではない。

そう思ってメールを送ったのだと言う。

朱里の仕掛けたゲームはただの報復ではなく、彼ら親子に与えたチャンスでもあったということだ。

「あの感じだと、そう易々とはいかないだろうがな」

「そうですね」

正仁がどうしてあのような狂気に満ちた瞳をするようになったのか。

その経緯は知らないし、知ってはいけないとも思う。

だからこそ、もう二度と会わないであろう過去の自分に似た人に、自分のような救いが訪れることを願わずにはいられなかった、と朱里はこぼした。

「結果がどうなるかはわかりませんが、保科社長から何の返答がこなくても、三日もすればすべて元通りになるようにしてあります。何にせよ、もうこんな馬鹿げたことをしようとは思わないでしょう」

蓮の怒りを買い、朱里の報復を受けた上で、まだ何かを仕掛けてくるほど愚かではないだろう。

そして朱里から、これ以上彼に深入りすることは決してない。

言外にそう伝える朱里の毅然《きぜん》とした態度。それをミラー越しに見た蓮はふっと表情を和らげた。

朱里に心変わりをさせるような愛し方をしているつもりなど微塵《みじん》もないが、わずかな情でさえも他の男に向けることを許したくないと思う。

そんな自分の狭量さに、蓮は苦笑いを浮かべた。

「結局、お前はただ待つだけの女じゃないってことがよくわかった」

「じっとしていることはできなくても、私が待つのは社長だけですよ」

頬を染め、そっぽを向きながらではあるが、珍しく朱里が殺し文句を吐く。

その直後、タイミング良く赤信号に捕まった蓮は、手を伸ばして朱里の髪を優しく撫《な》でた。

第二十話

「本当に直帰しちゃってよかったんでしょうか？」

自宅のソファに腰を下ろしながら、朱里は蓮に問いかけた。

ネクタイを外している彼から返ってきた答えは、非常にシンプルなものだった。

「問題ない。問題があったとしても、岩上に対応させる」

いや、あの人じゃ無理でしょう……

百人いたら全員が迷うことなく突っ込みを入れるようなセリフを吐きながら、蓮はネクタイに続きスーツの上着も乱暴に脱ぎ捨てて、朱里に背を向ける。

「ちょっと、ここで待っていろ」

そう一言命じると、蓮はキッチンの先にある自室へと消えていく。

朱里はその背を見送ると、とりあえず右京にメールを送ってから、ソファの背凭《せもた》れに身体を預けて肩の力を抜いた。

そしてやはり蓮と過ごすこの家が、自分にとって一番落ち着く場所なんだと自覚した矢先、蓮がリビングへと戻ってくる。彼の手には、一冊のファイルが握られていた。仕事に関する資料かと思い、上体を起こした朱里に向け、蓮はおもむろにそのファイルを差し出した。

「見てみろ」

ぶっきらぼうな物言いに、うなずきながらそれを受け取ると、ぺらぺらと中身を一ページずつ確認する。

中にはポストカードが綺麗に収納されていて、そしてそのいずれもが朱里にとって見覚えのあるものだった。

「これ、何で社長が……」

各ポストカードの宛名や隅に書かれた手書きのメッセージは、間違いなく自分の筆跡だった。

なぜこれが送った相手ではなく蓮の手元にあるのかわからず、朱里は信じられない思いで蓮を見上げた。

すると、蓮は少しだけばつの悪そうな表情を見せながら、頭を掻《か》いた。

「帰ったら話すと言っただろう?」

それは蓮が正仁に向けて、自分の方が先に朱里を知っていたと宣言した時に発した言葉だ。

つまりはこのポストカードこそが、その疑問を解く鍵だということだろう。

今の今まで知らずにいた答えを求め、朱里は引き続きじっと蓮の顔を見つめた。

「宛名をよく見てみろ」

言われて再び手元に視線を落とすと、カードの宛名欄には自分の筆跡で「相良富江《とみえ》様」と書いてある。

何度も書いたことのあるそれは、朱里が「おばあちゃん」と呼んでいた相手の名だ。

「相良？」

この時、朱里は初めておばあちゃんと蓮が同じ苗字であることに気付く。

「相良って、もしかして……」

疑問を皆まで言う必要はなく、蓮がきっぱりと答えを口にした。

「相良富江は俺の祖母だ」

やっぱり……とつぶやきながら、朱里は再びポストカードに視線を移した。

それらはアメリカ留学中に購入した物や、朱里が巡った観光地の写真をカードにした物。

中には、まだ十代の頃の自分が小さく写り込んでいる物もあった。

確かに、この頃から富江を介して自分のことを知っていたとすれば、蓮が正仁に向けた言葉にも合点がいく。

ポストカードの表面をそっと指でなぞりながら、朱里はおばあちゃんとの出会いを思い出した。

朱里が富江と出会ったのは、アメリカに留学する一月《ひとつき》ほど前のことだった。

学校の帰り道、駅の階段から今にも転げ落ちそうなほど足をふらつかせている女性を見つけ、急いで彼女の身体を支えたことがあった。

その女性こそが、富江だった。

熱中症か、それとも風邪でも引いたのか。

赤い顔で息苦しそうにしている富江を連れて、朱里は何とか駅前のタクシー乗り場に辿《たど》り着くと、駅からそう遠くない場所にある総合病院へと向かった。

病院に到着すると、すぐに事情を説明して富江を急患として迎え入れてもらい、待つこと約三十分。

検査の結果、熱中症だということで、富江はしばらく病室のベッドで点滴を打つこととなった。

そして彼女が休んでいる間に、看護師が富江の親族に連絡を入れ、病院まで迎えに来てもらう手筈を整えてくれた。

「おばあちゃん、大丈夫？」

「ええ、ありがとうね。大丈夫よ」

迎えは夜になるとの話を聞いた朱里は、夕刻まで富江に付き添うことに決めた。

そしてベッドに横たわる彼女の手を優しくさすり続けた。
一、二時間安静にしていると体調はだいぶ回復したようで、朱里はしばしの間、富江との会話を楽しんだ。
「いつまでも若い気でいちゃいけないね」

眉尻を下げて自嘲《じちょう》気味に笑う富江は、一昨年亡くなった夫の墓参りに行った帰りだったのだと話す。

「おばあちゃん、一緒に暮らしている人はいないの？」

「今は一緒に暮らしていないけど、よく顔を見せに来てくれる孫が一人いてね。いつもはお墓参りに行く時に送り迎えをしてくれるんだけど、最近は仕事が忙しくなってきたみたいで。気をつかって辞退してみれば、この様《ざま》だよ。情けないね」

苦笑いを浮かべながら、富江は「あとで叱られるわ」と可愛らしく舌を出す。

その様子を見る限り、彼女とお孫さんとの関係は良好なのだろうと安堵《あんど》しつつ、茶目っけを見せる富江に目を細めた。

それから二人でお互いの家族の話をしていると、時間はあっという間に過ぎた。

そして窓から差し込む光がオレンジ色に変わる頃。

そろそろ富江の家族が迎えにくる頃合いだろうと思い、朱里はベッド脇の椅子から立ち上がった。

「じゃあ、おばあちゃん。私はもう行くね」

「あらあら、もうそんな時間かい？」

驚いた様子で富江が壁掛け時計に目を向けると、時刻はすでに午後五時を回っていた。

「こんな時間まで付き合ってくれてありがとうね。それと朱里ちゃん、後でお礼がしたいから連絡先を教えてもらえる？」

ベッド脇に置いていた手提げバッグから、ペンとメモ帳を取り出そうとしている富江に、朱里は慌てて手を伸ばす。

「お礼なんていいよ。するなら、おばあちゃんを治療してくれたお医者さんや看護師さんにね？」

「でも、ここまでのタクシーの運賃だって……」

「それも大丈夫だから」

この頃、朱里が親からもらっていたお小遣いはごくごく一般的な額だった。

しかし、特段お洒落《しゃれ》に興味がなく、友人との付き合いもほとんどなかったせいか、それらを使う機会もなく貯まる一方だった。そのため、タクシー代を払ったところで、さほど懐《ふところ》は痛まなかった。

何より、人助けに貸し借りなんて概念はないだろう。

笑顔で富江の申し出を断ると、まだ何か言いたそうにしている彼女に別れを告げ、朱里は軽やかに病室を後にしたのだった。

そんなことがあった翌月、朱里は予定通りアメリカに留学し、そのことはすっかり忘れていたのだが――

アメリカで生活を始めて、二ヶ月が過ぎようとしていた頃。

今は空箱状態となっている実家を管理している業者から、朱里のもとに連絡が入った。

それは相良富江という女性から、果物と商品券、それに手紙が届けられたという内容だった。

その名を聞いて、あの時のおばあちゃんだと思い至った朱里は、手紙をスキャナで読み込んでメールに添付してもらい、果物や商品券はわざわざ送ってもらうのも大変だろうと判断し、管理業者に譲渡することにした。

そして管理業者から転送された手紙を読んでみると、富江の心からの感謝の言葉と共に、朱里にどうしてもお礼がしたくて連絡先を調べたことを詫びる内容が書かれていた。

お礼をしてもらう程のことをしたつもりはなく、そうするのが人としての道理だと思っていた。

そんな朱里は富江のお礼に対し、余り過ぎるお釣りをどう返すべきか悩んだ。

何か贈り物に最適な物はないかとネットで捜してみたものの、納得できる物は見つからなかった。

一息入れるためにパソコンから身を引いて視線を上げた時、一枚のポストカードが目に入った。

それは渡米して初めて行った観光地で購入したもので、裏面に自由の女神像が印刷されたものだった。

それを眺めながら、朱里は病室で聞いた富江の話を思い出した。

『夫は仕事人間でね。働いている間は数年に一度、国内一泊旅行に連れて行ってくれるのがせいぜいだったの。でもね、一線を退いてからは一緒に海外旅行に行けるようになって。それからは色々な国に行ったわ』

はにかみながら思い出を語る富江は、今も亡き夫に恋をする乙女のようだった。

その話を聞いた時、朱里はそんな相手と巡り会えたことを心から羨《うらや》ましいと思った。

『一人になってからは遠くに出かける事もなくなったけど、毎月お墓参りをして夫との思い出話に花を咲かせるのも悪くないわ』

そう続けた富江のことを思い浮かべながら、朱里はポストカードに彼女の住所を書き込んだ。

このポストカードが、富江と夫との語らいの話題の一つとなるようにという願いを込めて――

そして富江とのやりとりは、その一度で終わることはなかった。

一週間ほどたった頃に富江からの手紙が返ってきたことで、二人は二、三ヶ月に一度、定期的に連絡を取るようになっていった。

そうして、距離も年齢も遠く離れた二人の、ペンフレンド関係がスタートしたのだった。

だが、何度も手紙のやり取りをしていたものの、朱里が富江に直接会うことができたのは、彼女を病院に連れて行ったあの一回だけだった。

大学卒業後に勤めた会社を辞めて、日本に戻ろうかどうかを考え始めていた頃――朱里のもとに、富江の家族と名乗る者から突然の訃報が届けられたのだ。

アメリカにいる朱里は彼女の葬儀に参列することもできず、ただ涙を堪《こら》えて彼女の冥福を祈ることしかできなかった。

そして帰国してからは、彼女のお墓がある場所へと行き、年に一度、富江と出会った季節が訪れる度にそこを訪れるようになった。

その富江が、まさか蓮の祖母だったとは……。

朱里は目の前に立つ蓮を見上げながら、彼の姿に富江の姿を重ね合わせた。

第二十一話

「社長は、いつから私のことをご存じだったんですか？」

「祖母とポストカードのやり取りを始めた直後くらいからだ」

「おばあさんに近づく、怪しい女だと思いました？」

「…………」

この場合、沈黙は肯定と同義だ。

上手く誤魔化すこともできたが、蓮はあえてそうしなかった。

不器用なまでに正直な蓮を前に、朱里はくすくすと笑みをこぼす。

その反応に怒りがないことを察し、蓮はわずかに安堵《あんど》した。

「いつから、誤解は解けたんですか？」

「素性も知らない相手と文通を始めたと知って、祖母を問い詰めたんだ」

その時に、以前助けてくれた女子高生だという話を聞き、疑ったことを申し訳なく思った。

「お前が祖母の恩人だと知ってから、いつか礼を言うために、お前の居所を定期的に調べるようにはしていた」

「律儀な人ですね」

感心したように話す朱里に、蓮はそれ以上何も言わなかった。

本音を言えば、ただ礼を言うためだけに、その後の朱里の足取りを追っていたわけではない。

定期的に送られてくるポストカードを祖母から見せられる内に、いつしか朱里に興味を抱くようになっていった。

そして祖母が亡くなってから一度だけ、蓮は朱里の姿を見かけたことがあった。

それは朱里が加賀ホームに入社して二年目、蓮が加賀ホームへと打ち合わせに出向いた時のことだった。

加賀ホームの事務所の前を通りかかると、蓮を見た女性陣は途端にざわめき出す。

いつものことだと気にも留めなかったが、一瞬視界の隅に見知った顔を捉えると、蓮はその場に立ち止まって事務所の中に目を向けた。

するとそこには、祖母から何度も見せられたポストカードに時折小さく写っていた、ペンフレンドの姿があった。

周囲の女性たちの目を釘付けにしている蓮の前で、朱里はちらりとも自分に視線を向けることなく、一心不乱に仕事を続けていた。

あまりに真剣な眼差しで仕事に取り組み、かと思えば時折、楽しそうに笑う朱里の姿に、蓮は思わず見入ってしまう。

そしてそのことがきっかけで、加賀に自分の想いを悟られようとは思いもせず――

その日からというもの、蓮はふとした時に朱里の姿を思い浮かべるようになる。

さらにそんな時には決まって、富江が自分に言った言葉が脳裏を過《よぎ》った。

『あの子はね、私が大会社の会長夫人だなんて知らないのに、手を差し伸べてくれたの。あの子よりずっと分別のありそうな大人たちが、素知らぬ顔で通り過ぎていったのにね』

現実を受け止めつつも、どこか寂しげな表情を浮かべ、富江はそっと蓮の手を取った。

『蓮、あなたもあなたの肩書がなくても優しくしてくれる、そんな女性を見つけなさい。あなたはあの人や息子に似てとても優秀だけど、結婚を仕事の一環と考えては駄目よ。家族を大切にできない男に、会社は守れないわ』

富江の言葉に、蓮は自分の祖父母も父母も、かつての大会社の経営者には珍しく、恋愛結婚だったことを思い出す。

父はどんなに仕事が忙しくても、必ず家族に会うために家に帰って来た。

そして祖父もまた、会社の経営を父に任せてからは、祖母と恋人同士のように仲睦まじく過ごしていた。

そんな家族を思い出しながら、蓮は自分のそれまでの恋愛を振り返った。

数で勝負するようなものではないが、付き合いのあった女性はそれなりの数になる。

その誰とも、遊び半分の付き合いをした覚えはないが、それが恋愛であったかと問われると、すぐには肯定できない。

恋人の条件として、仕事を邪魔しない分別のつくタイプを選んできたという自覚があったからだ。

束縛する素振りを見せれば、すぐに切り捨てられる程度の存在であったし、仕事に穴を空けてまで会いに行くような相手もいなかった。

立場が邪魔をして、真実、蓮のことを見てくれる相手を見つけにくい環境にいるのだろうと、富江はいつも心配していた。

富江が生きている内に、その憂《うれ》いを取り除いてやれなかったことは、蓮の胸に小さな棘《とげ》を残した。

そして蓮は、朱里を最初に見かけたあの頃から、社長に就任して多忙を極めたという事情もあり、妹以外の女を近づけなくなっていった。

裏では、仕事のし過ぎで女に興味が無くなったなどという、根も葉もない噂が出回ったくらいだ。

そんな蓮が、ある日嬉々として朱里を連れてくれば、彼女が蓮にとって特別な存在だということは周囲にバレバレだったのだろう。

『お兄ちゃんって、冷徹な仕事人間かと思っていたら、結構見る目があるのね』

朱里を知った摩耶から、そう賛辞を受けたことは記憶に新しい。

絶対に手放せない、自分の人生において唯一無二の女。

もし富江が生きていたら、この縁を結びつけてくれたことへの感謝と、ようやく自分にも愛する相手ができたという報告をしたかったと、蓮は心から思う。


蓮からそんな狂おしい程の愛情を向けられている朱里は、彼の数年にも渡る想いを知る由《よし》もなく、ぱたりとファイルを閉じて目をつぶった。

「季節外れのサンタクロースは、加賀社長だけじゃなかったんだ」

誰に言うともなくつぶやいた朱里の言葉に、蓮は堪《たま》らなくなって彼女を掻《か》き抱いた。

「しゃ、社長？」

急にどうしたのかと戸惑う朱里を、蓮は力一杯抱きしめる。

自分との出会いを、愛する女が「贈り物」だと思ってくれている。

それだけで心が満たされると同時に、胸が締め付けられた。

「もういいだろう？　限界だ」

すると朱里が何か言うよりも早く、蓮は彼女の唇を自分のそれで塞《ふさ》いでしまう。

朱里なら絶対に大丈夫だ。

彼女を迎えに行くまで、そう信じて疑わなかった。

そして現に朱里は無傷のまま、自分を攫《さら》った相手に報復の準備まで整えて蓮が来るのを待っていた。

だが、どんなに信じていても、結果が良くても、彼女の無事を確認するまでの間、蓮の心は凍りついていた。それは自分の意志だけではどうすることもできないことで、朱里がいかにかけがえのない存在か、今さらながらに実感する。

自分の心を溶かすことができるのは、この温もりだけだ。そう思いながら、蓮は息吐く暇も与えないほど、朱里に深く口付けた。

第二十二話

「熱い」

ちゃぷちゃぷという水音が響き渡る浴室内。

二人で入っても十二分に脚を伸ばせる広い浴槽の中で、背後から自分を抱きしめる蓮に背を預けたまま、朱里はつぶやいた。

舌だけでなく、思考も根こそぎ奪い取るようなキスをされた後、朱里は攫われるようにして浴室に連れ込まれた。

しかも自分では準備した記憶などないのに、なぜか浴槽はお湯で満たされていて、香りのいい入浴剤まで投入されていた。

おそらく、先程ハガキフォルダーを取りに行った際に、蓮が準備したのだろう。

なんて用意周到な……

朱里は呆《あき》れ顔で蓮を見ながら、鍛え抜かれた身体を突っぱねるようにして一応の抵抗を見せた。

しかし――

「保科のなめ回すような視線にさらされて、そのままにしておけるか。一緒に風呂に入るのだって、初めてじゃないんだしな。無駄な抵抗はやめておけ」

なめ回すような視線って、私そんな風に見られていましたっけ？

というか、一緒にお風呂に入るのは初めてじゃないって、それはあなたがいつも人を足腰立たない状態にしてから、連れ込んでいるだけですよね？

そう抗議してやろうと思ったのに、あれよあれよという間に服を剥《は》ぎ取られ、気が付けば浴槽内で今の体勢にさせられてしまった。

そして現在も、背後から回された左手が胸の膨らみをゆるりと撫《な》でている。

親指と人差し指で尖《とが》りを挟んで刺激してくるため、非難の声を上げることさえできなかった。

朱里が大した抵抗もできないのをいいことに、蓮は右手で内股を掴《つか》んで開かせると、親指の腹で容赦《ようしゃ》なく花芽を刺激する。

「んっ、あ」

「濡れているな」

「だって……ぁっ、お風呂……」

「そうじゃないだろ？」

水音がだんだんと激しさを増していく。

朱里は視界の端に意地の悪い笑みを浮かべた蓮を捉え、頭の中が沸騰しそうになった。

「もう……、お願いっ」

高みに昇り詰める寸前まで追い込まれながら、そこに辿《たど》り着く直前で愛撫を止められる。

それを数回、数十回と繰り返され、朱里の頬にはぽろぽろと涙が伝う。

わざと焦《じ》らされていることがわかるからこそ、いいように翻弄されてしまうことへの悔しさと、早くイかせてほしいという欲求で、思考も身体も何もかもがぐちゃぐちゃになっていた。

「簡単にイかせてやったら、お仕置きにならないだろう？」

お仕置きって……、何も悪いことなんてしてないのにっ。

ふるふると小さく頭を振りながら、朱里は潤んだ瞳で背後の蓮を振り返った。

「社長……」

「いい加減、プライベートではその『社長』って呼び名はやめてもらいたいものだな」

苦笑しつつ、花芽を擦る指に力を込めながら、「ほら、呼んでみろ」とささやいて催促する。

絶え間なく朱里の感じるポイントを掠め、「ちゃんと呼べたらもっと気持ちよくしてやる」と言わんばかりだった。

「れんっ、もぉ欲しっ」

「良くできました」

子供を褒めるかのような声色でささやくと、蓮は朱里を横抱きにして立ち上がった。

その瞬間、ざばっと大量の湯がこぼれた。

ぐずぐずの思考の朱里は、抵抗するどころか甘えるように蓮の首にしがみ付くことしかできない。

そんな朱里を満足げに見下ろすと、蓮は浴室を出るべく歩き出した。

脱衣所でバスタオルを取り、手早く身体の水滴を拭《ぬぐ》い去ると、寝室のベッドに朱里の細い肢体をそっと横たえる。

これでようやくいつものように触れてもらえる。

そう思ったのだが、そんな朱里の期待は裏切られ、欲しかった刺激はなかなか与えてもらえなかった。

弄《もてあそ》ぶように身体中を這《は》いまわる掌《てのひら》と唇の感触に、朱里はもう限界だとばかりに両手を広げて訴えた。

「蓮っ」

早く来て……

誘うように甘い声で愛しい名を呼ぶと、一瞬凶暴な獣のような目で蓮は朱里を見下ろした。それからぐっと朱里の両膝《ひざ》を掴《つか》んで、大きくその脚を開かせる。

そして次の瞬間、一気に蜜壺の最奥目掛けて楔《くさび》を突き立てた。

「ふぁっあああっ」

たいして指で解《ほぐ》されてもいない媚肉の中を、屹立《きつりつ》が突進していく。その衝撃に、先程までさんざん焦《じ》らされていた朱里の身体は、呆気《あっけ》なく愉悦《ゆえつ》の高みへと昇って行った。

ぴんと跳ねあげた足の指先がぎゅっと丸まり、びくびくと痙攣《けいれん》を繰り返す。

直後、朱里はくたりとシーツの上に全体重を預けた。

そしてそのまましばらく全身を駆け巡った快感の余韻《よいん》に浸っていた。

その様子を眺めながら、蓮は妖しい笑みを浮かべて下唇をぺろりと舐《な》めた。

絞り取るような襞《ひだ》の動きを堪能しつつ、蓮はおもむろに腕を伸ばして力の抜けた朱里の手を掴《つか》む。

「な……に？」

視線の定まらないぼおっとした表情のままで朱里が問う。

すると蓮は、耳元に悪魔のようなささやきを注ぎ入れた。

「お仕置きがまだ終わってないだろ？」

言うなり朱里の人差し指を取り、指の腹を花芽に押し付けさせて、その上からぐりぐりと動かす。

「ひっ、ぁあっ」

イった直後に敏感なところを強い力でいじられ、朱里はそれが自分の指であることも忘れ、大きな嬌声《きょうせい》を上げながら何度も身体を跳ねさせた。

「ほら、あとは自分でやってみろ」

「なっ」

驚愕《きょうがく》で見開いた瞳の端から涙がこぼれ落ちる。

蓮が上体を倒してそれをぺろりと舐め取ると、これ以上はないというほど最奥に楔が突き刺さり、朱里の身体はぐっと反り返った。

果てたばかりとはいえ、いつも与えられるような絶え間ない快感を味わっていないせいか。腹の奥底が疼《うず》くような感覚に襲われ、朱里はまるで幼子のように愚図《ぐず》る。

「やっ、早くっ」

「ダメだ。ちゃんと自分でイけたらご褒美《ほうび》をやる」

言いながら、蓮は一度ぎりぎりまで腰を引き、それからまた一気に最奥へと押し進めた。

「ふぁあっ」

望んでいた刺激なのに、それはたったの一度きりで終わってしまい、朱里は嫌々をするように首を振る。

だが、蓮はそれでも朱里の望むものを与えてはくれなかった。

「ほら、早くしろ」

蓮としても、ぎゅっぎゅっと欲望を絞り出そうとする襞《ひだ》の動きに耐え続けるのは辛いはずだ。

掠れた声で促《うなが》しながら、蓮は再び朱里の指の上に自分のそれを重ねて花芽を刺激してくる。

微かに残る理性が羞恥《しゅうち》を訴えるも、絶え間無く押し寄せる快感の波に、我慢し続けることなどできなかった。

そして朱里は促されるままに、自分の指を動かし始めた。

「んっ……あっ、んんっ」

一旦始めてしまえば、何かにとりつかれたかのように快楽だけを求めて指を動かす。我を忘れた朱里の痴態《ちたい》を見下ろしながら、蓮はゆっくりと口角をつり上げた。

「そこまで許可した覚えはないんだがな」

見下ろす先には、花芽への刺激だけでは足らず、自ら腰を上下に動かす朱里の姿があった。

「仕様がないな」

言葉とは裏腹に嬉しそうにつぶやくと、蓮は朱里の腰に手を回して、その身体をぐっと持ち上げた。

「ひっ」

突然抱き起こされた朱里は、ベッドに寝転がる蓮の上に跨《また》がる格好となった。すると自重で杭がさらに奥深くまで突き刺さるような感覚がして、朱里は悲鳴を上げる。

しかし、朱里が受ける衝撃などお構いなしに、蓮はきゅうっと締め付ける入り口付近をゆっくりと親指の腹で撫《な》でた。

「やぁっ」

「嫌じゃないだろ？　せっかく動きやすいようにしてやったんだ」

言いながら朱里の細い腰を両手で掴《つか》み、軽くゆさゆさと数回上下させる。

その動きに合わせて嬌声《きょうせい》を上げる朱里は、蓮が手を離した後もそのまま身体を上下させ続けた。

「あっ、あっ、あっ」

「そうだ、朱里。……っ、イいぞ」

瞳の端から涙を流し、背中を反らせて悶《もだ》える朱里に、蓮は舌舐《した な》めずりしながらつぶやく。

甘いバリトンボイスは快感を高める一要素となり、朱里は鍛え抜かれた腹筋に手を添え、ただひたすらに高みを目指して身体を跳ねさせた。

「手伝ってやる」

宣言しながら、片方の掌《てのひら》でふるふると美味しそうに揺れる膨らみを撫《な》で、先端の突起を気まぐれに捏《こ》ねくり回す。

もう一方の手は敏感な花芽に添えられ、朱里の動きに合わせてそこを擦り上げた。

「指っ、いやぁっ」

「嘘をつくな。中はさっきよりきつくなっているぞ」

駄目、嫌と言いながら、一向に動きを止めることのない朱里を見すえる蓮は、雄の目をしていた。

それを瞳に映す朱里は、涙でぐずぐずに濡れた顔を向け懇願《こんがん》する。

「蓮、お願っ……うごい……てぇ……ッ」

ようやく自分を求めた朱里に、蓮の目の色が明らかに変わった。

お仕置きという名の焦《じ》らしをやめ、蓮は上半身を起こして細腰を両手で掴《つか》み上げると、力強く腰を上下に揺り動かす。

「いああああっ」

突然襲って来た衝撃に耐えきれず、朱里は一気に高みへと駆け上がった。

「くっ、勝手にイくな」

痙攣《けいれん》する襞《ひだ》がぎゅうぎゅうに締め付け、蓮は眉をぐっと寄せた。

「そんなにきつく締めあげて、俺まで呆気《あっけ》なくイったらもったいないだろう？　素直になった朱里には、たくさんご褒美《ほうび》をやらなきゃいけないしな」

お仕置きとして始まったこの行為は、いつのまにかご褒美に代わっていたらしい。

蓮はいまだに意識が白みがかった状態の朱里の後頭部に手を回した。

「ふっ……んぅ」

だらしなく開いた口に強引に差し込まれた舌が、口腔内を余す所なく這《は》いまわる。

それは先程の衝撃で遠ざかっていた意識を、一気に現実に引き戻すかのような濃厚な口づけだった。

とろんとした瞳に自分を映す朱里を見て、蓮はその耳元に唇を寄せた。

「朱里、もっとご褒美が欲しいか？」

問い掛けられた内容に、朱里はわずかに残っていた羞恥心《しゅうちしん》から必死に首を振って、答えを口にすることを拒む。

しかし、胸の尖《とが》りを爪で弾かれ、蜜壺の中をゆるゆると掻《か》き混ぜられれば、いつまでも耐え切れるはずもなかった。

「答えろ、朱里」

「んっ……、ほしっ」

羞恥などかなぐり捨てて、ただただ自分に縋《すが》りつく朱里を満足げに見やりながら、蓮は白い首に吸い付いて所有の印を刻む。

「好きなだけくれてやる」

物騒な笑みを浮かべてそう宣言すると、途端に激しい律動を開始した。

埋められた楔《くさび》がずくっと質量を増し、朱里の中の欲望を否応なしに引きずり出す。

「も、……っと……もっとぉ」

朱里が今まで誰にも聞かせたことのない甘いお強請《ねだ》りを繰り返す度に、媚肉がきゅうきゅうと楔を締め付ける。

堪《たま》らなくなった蓮が、がつがつと最奥の壁を打てば、その動きに合わせて朱里もまた上下運動を再開する。

部屋の中には淫靡《いんび》な香りと、どちらのものかも判別つかないような荒い息、ぐちゅぐちゅという濡れた音が響く。

肉襞《にくひだ》を割り開き、蠕動《ぜんどう》する媚肉にものを擦り付けるようにぶつける。

そうしていると、朱里の目の前がちかちかと白みがかり、一際大きく中を抉《えぐ》られた瞬間、蓮に力一杯縋《すが》りついた。

「あっ、あっ、あぁぁーッ！」

「っ……はっ」

先に達した朱里の媚肉がびくんびくんと大きく痙攣《けいれん》し、それに促《うなが》されるまま蓮もついに己の欲望を解放する。

一際奥深くへと押し込まれ、熱を最奥で爆《は》ぜられて、押し寄せる白濁に朱里の背がしなやかに反る。

数秒の後、身体が一気に弛緩すると同時に、朱里はとうとう意識を手放した。

＊　＊　＊

蓮は崩れ落ちて行く朱里の身体を抱き留めて、名残惜しく思いながら結合を解いた。

それから、朱里の細い肢体をゆっくりとリネンの上に横たわらせる。

汗に濡れた朱里の額にキスを落とし、彼女の脚の付け根から自身の放った欲望がこぼれ落ちる光景を見下ろした。

「朱里、お前は俺だけのものだ」

そして俺は、お前だけのもの。

だから絶対に離さない。

蓮は朱里を自分から攫《さら》おうとした男の瞳に宿る暗い影を思い起こし、彼女への熱情に狂っているのはあの男なのか、それとも自分なのかと自問自答する。

だが、どちらにせよ、この愛しい温もりを手放すつもりはない。

ならば考えたところで結果は同じだと思い直し、自嘲《じちょう》気味に笑った。

「お前を愛している」

そうささやくと、蓮は柔らかな朱里の身体を腕の中に抱き込みながら、今ここにある幸せを噛《か》みしめた。

第二十三話

「うーっ」

翌朝。

朱里は掛布団をすっぽりと被り、昨夜の記憶と余韻《よいん》がまざまざと残る現状に唸《うな》った。

この日は土曜日とあって、普段のように時間を気にする必要はない。

けれど、それを見越しての暴挙とも取れる昨夜の出来事は、今すぐ記憶喪失になってしまいたいと思えるものだった。

「そろそろ起きないといけないのに」

口を尖《とが》らせながら、いつの間にか隣から消えていた温もりの主に対して恨みがましくつぶやく。

休みとはいえ、朱里は昨日の状況確認と残務処理のために出社するつもりでいた。

あまり遅くなっては家事をする時間がなくなってしまうと、ベッドに手を突いて身を起こそうとした瞬間――

脚の付け根からとろとろと液体が流れ出る感覚に、朱里は思わず「あっ」と甘い声を漏《も》らして悶《もだ》えた。

その声が聞こえたのか、布団の上から背をポンポンと叩かれる感触がした。

そうかと思った次の瞬間、突然首の辺りまで一気に布団を捲《めく》り取られる。

すると、うっとりするほどの綺麗な笑みを浮かべた男の顔が視界に入り、見惚《みと》れてしまいそうになる自分が悔しくて、朱里は彼を上目遣いに睨《にら》んだ。

「ったく、お前はいつも目覚める度に俺を睨んでいるな。まぁ、それはいいとして……、さっさとそこから出てこい。お前のことだ、今日は仕事に行くつもりなんだろう？ 風呂に入れてやるから」

あっ、悪夢再び……

蓮の言葉に、以前まったく同じような事を言われた記憶がよみがえる。

その時は散々いいように弄《もてあそ》ばれたのだと思い出し、朱里は頬を引きつらせた。

「後で一人で入りますから、先にどうぞ」

「無理だな。すぐに動けるようにはならないだろう？ そのままでいるのは辛いだろうから、俺が洗ってやる。温まれば動けるようにもなるだろうしな」

いや、絶対に動けるようにはならない気がする。

そう確信するも、口に出したら出したで強制連行確定になりそうで、朱里は話をすり替えるように、恨み言を口にした。

「了承なしに直《じか》にするのは、反則じゃないんですか？」

「昨夜、ようやく敬語が抜けたかと思ったんだがな」

くつくつと笑う蓮を見て、昨夜の自分の痴態《ちたい》を思い出し、朱里の全身がかあっと紅く色付く。

羞恥《しゅうち》に悶《もだ》える朱里を前に、蓮はさらに追い打ちをかけるような言葉を続けた。

「強請《ねだ》った時点で同意はあると判断したが、間違いだったか？」

完全に面白がっている様子の蓮を相手に、何を言っても無駄だ。

そう思い至ってうつむくと、頬に突然ひやりとした感触が伝わって、朱里は小さな悲鳴を上げた。

「きゃっ、何？」

顔を上げた朱里が目にしたのは、蓮の携帯電話の液晶画面だった。そこには、実際に利用したことはないがその名を聞いたことはある、生理日予測サイトが映し出されていた。

しかも、なぜか朱里の生理周期がきっちりと入力されていたのだ。

何ですかそれはっ！

思わず叫び声を上げそうになるも、その行動はすでに織り込み済みだったようだ。声に出す寸前で、悲鳴は蓮の口の中に呑み込まれていく。

そのまま蓮は朱里の口腔内を散々蹂躙《じゅうりん》した後、息も絶え絶えの朱里に向けて種明かしをした。

「お前の安全日くらい、把握しているから安心しろ。周期はさほど乱れていないし、過去五年分の記録から割り出しているから、精度は高いと思うぞ？」

朱里は毎回生理の初日に体調を崩し、加賀ホームに勤めていた頃から半休を取るようにしていた。

そのため過去の出勤記録を手に入れて登録したのだと、さも何でもないことのように白状する。

蓮の告白を聞き、朱里はリネンの上に突っ伏した。

スリーサイズと言い、生理日といい、あんたはどうして世の女性が知られたくないようなパーソナルデータを、本人のあずかり知らぬ所から手に入れてくるんだ。

ぶつぶつと小声で罵《ののし》りながら、朱里は女性として守っておくべき大切な何かを失った気がした。

「ということで、覚悟しろよ？」

「何を……ですか？」

物騒な物言いに、掌《てのひら》に汗を掻《か》きながら聞き返すと、目の前の独裁者は血も涙もない宣言をした。

「今度俺に黙ってどこかに行こうとしたら、すぐに狙ってやるからな」

何を狙うかなんて、怖すぎて聞けるはずもない。

この男は優秀有能なだけでなく、有言実行の男でもあるのだ。

どうやら自分は知らぬ間に、世界一甘美で危険な檻《おり》に入っていたようだと、この時初めて朱里は自覚した。

「まぁ、今回のようなことがなければ、一応立場や世間体というものに配慮して、完璧な根回しが完了するまでは自重してやるから安心しろ」

　言外に、眠れる獅子を無闇に刺激すれば大変なことになるぞと言う蓮の言葉を聞き、朱里はもはや瀕死《ひんし》寸前だった。

　しかし、そんな朱里の胸中など察するつもりはまったくないといった様子で、蓮の饒舌《じょうぜつ》っぷりは翳《かげ》りを見せず――

「そうそう、お前と連絡が取れないと右京が会議に乗り込んで来た時に、怒りで我を忘れて、役員たちの前でうっかりお前のことを名前呼びしてしまってな。後々勘ぐられるのも茶々を入れられるのも面倒だから、お前との関係を公表することにした」

　こいつ、絶対わざとだ。

　朱里は確信めいたつぶやきを口にしつつ、会議が終わるタイミングを見計らって仕掛ければよかったと心底後悔した。

「もちろん恋人じゃなくて婚約者として発表するから、お前は堂々としていろよ」

「婚約者って……。そもそも私、社長にプロポーズなんてされましたっけ？」

　せめてもの反撃としてそう問いかければ、「お望みなら、全力でお前の涙が止まらなくなるような演出を考えてやるが？」と黒い笑みを向けられ、朱里は真っ青になって頭を左右に振りまくってしまう。

　一瞬、真っ赤な花束を手に、大勢の観客の前で跪《ひざまず》いてプロポーズする腹黒王子の姿が脳裏を過《よぎ》った。

けれど、それが現実になっては堪《たま》らないと、朱里は急いで般若心経《はんにゃしんきょう》のワンフレーズを胸の中でつぶやき、恐ろしいイメージ映像を吹き飛ばす。

しかし、そのことに気を取られて大きな隙を見せてしまったのが命取りとなった。

あっという間に浴室に連れ込まれ、俺様上司兼たった今から婚約者に昇格した男が心行くまで、恐怖の入浴タイムは続けられたのだった。


そして時刻は正午を過ぎ。

長すぎる入浴タイムを終えて、蓮が初めて作ってくれたパスタで空腹を満たすと、朱里はソファで出勤前の最後のくつろぎタイムに入っていた。

そんな彼女の腰に巻きついている太い腕は蓮のもので、うしろから片時も離すまいといった様子で朱里を抱きしめている。

時折、まだ悪戯《いたずら》しようと動く蓮の手の甲を抓《つね》りつつ、朱里はくすくすと笑いながら背を預けていた。

「自分が釣った魚にこれほど餌をやるタイプだとは思わなかったな」

背後でつぶやかれた言葉を聞き、朱里は呆《あき》れたように溜息を吐いた。

釣った魚とは言うけれど、追い込まれたウサギという方がしっくりくるような気がして、弱弱しい抗議を口にする。

「餌をやりすぎて死んだらどうするつもりですか……」

「俺の釣った大物は、そんなにヤワじゃないから問題ないな」

やっぱりああいえばこういうのかと、朱里はわざとらしくがっくりと肩を落としてみせた。

だが、こういうやりとりも嫌ではなくなっている自分がいて、朱里は蓮に隠れて小さな笑みをこぼした。

「まぁ、釣られたのはお前じゃなくて、むしろ俺の方か」

「人聞きの悪いことを言わないでくださいよ」

「実際、赤坂には俺がお前の飼い犬のように見えるらしいぞ？」

確かに、この規格外のイケメンは魚というよりも犬という方がしっくりくる。そして餌付《えづ》けしているのは、間違いなく自分の方だと朱里は思う。

蓮を犬に例えるとしたら、血統書付きのゴールデンレトリバーかなぁなどとぼんやりと考えていると、不意に背後から回された手が朱里の顎《あご》を捕らえ、くいっとうしろを振り向かせた。

「いいか？　一旦飼い始めたのなら、責任をもって最後まで面倒を見ろよ」

「この犬は血統も見目も良いので、愛嬌を振りまけばすぐに次の飼い主が見つかると思いますけど？」

「死んでもごめんだ」

一見いつも通りの軽快なやり取りに思える会話だったが、蓮の瞳の中にほんの少しだけ不安の色が垣間見えた。すると朱里はそんなものは不要だとばかりに笑った。

「私はウサギですから、この犬が傍にいないと寂しくて生きていけないんです」

恥ずかしがりながらもそう告げたウサギの告白に、犬の仮面を被った狼はこの上なく嬉しそうに微笑んだ。

少しの間、蓮の温もりを背にソファで微睡《まどろ》んだ後、朱里はようやく出勤の身支度を整えてリビングに戻った。

するとそこで、何やら作業をしている蓮の姿を見つけた。

「社長？」

問いかけながら覗《のぞ》き込むと、リビングの壁のど真ん中に大きな額縁を取り付けていた。

ちょうど作業を終えた蓮が、朱里を振り返る。

「それは……」

蓮の背後にある額縁の中身を見た瞬間、朱里はぴたりと動きを止めた。

そこには、加賀から贈られた家のデザイン画が飾られていた。

それを呆然《ぼうぜん》と見やる朱里の隣に立つと、蓮は腰を自分の方に引き寄せながら力強く宣言した。

「そう遠くない日に、この家は俺が建てる。だから毎日これを見ながら、その日が来るのを楽しみに待っていろ」

加賀からの最後の贈り物が嬉しくて、そして悲しくて――

朱里はそれを棚の中にしまい込み、以来、一度も手にすることができずにいた。

おそらく蓮はそのことに気付いていたのだろう。

どんな言葉よりも幸せを与えてくれる宣言に、朱里の瞳からぽろぽろと涙がこぼれ出す。

せっかく整えた化粧が台無しになったと震える声で訴えれば、蓮はあの日のようにハンカチ代わりだと言って朱里を抱き寄せた。

「加賀社長とあなたが作ってくれる箱を、私に満たすことができるかな」

絞り出すように紡《つむ》がれた問いかけに、蓮は笑いながら即答で返した。

「心配するな。お前一人じゃない。俺もいるし、どうせすぐに増えることになる。それに俺の想いは、家一軒埋められない程度の生温《なまぬる》いものじゃない」

出会った頃から変わらぬ、揺らぎなど微塵《みじん》も感じさせない言葉に、朱里は自分が笑っているのか、泣いているのかさえわからなくなった。

加賀社長、おばあちゃん、私は……私たちは幸せです。

次の休日には、二人でバカップルのように繋いだ手を振りながら、この尊い縁を繋いでくれた二人のお墓参りに行こう。

そう心に決めながら、朱里は両手一杯に幸せを抱え込むように愛しい背中へとその手を回し、ゆっくりと瞳を閉じた。

書き下ろし番外編

過保護な社長ともう一つの約束を

都内各所で桜が開花し、春の訪れを告げる頃。リビングのソファに座る朱里は一人、身を襲う暑さと戦っていた。

外はまだ少し肌寒さを感じる気温だというのに、どうして顔を真っ赤にしているのか。その原因は服装にある。

床暖房が効いた部屋の中、厚手のトレーナーを着こんで毛糸の靴下を履き、その上、腹巻までしているのだから暑くて当然だ。

不快なら、脱げばいい。その姿を見た百人が百人とも、呆れ顔でそう言うだろう。だが、朱里がそうすることができないのには、理由がある。

それは斜め向かいに座り、時折監視するような視線を送ってくる夫のせいにほかならなかった。

「心配してくれるのはありがたいんだけど、極端なのよね」

苦笑しながら、朱里は決して蓮の耳には届かぬよう、小声で愚痴《ぐち》をこぼした。

事の発端は、朱里が彼との子を身ごもったことにある。

秋口に懐妊《かいにん》がわかってからというもの、蓮は朱里以上にさまざまな文献を読み漁った。そして「冷え」が妊婦に与える影響についてを知ってからというもの、彼の過保護っぷりは日に日に増す一方だった。

「パパがあれじゃあ、先が思いやられるわね」

お腹を一撫でし、眉をハの字に曲げて、まだ見ぬわが子に同意を求めるように話しかける。

朱里が困っているのは、厚着を強要されていることだけではない。妊娠発覚から大幅に制限されている、仕事のことも多分に含まれていた。

これまで、朱里は幸いにも体調を大きく崩すことなく、つわりも軽く済んでいた。そのため、安定期に入ってから少しずつ仕事のペースを戻そうと考えていた。

もちろん無理のない範囲でのことだったのだが、それを相談したところ、蓮の「社長命令」により待ったをかけられてしまったのだ。

社長夫人だからといって、特別待遇を受けるわけにはいかない。そう強く訴えたのだが、他の女性社員のために先例を作っていくことも必要だと言い切られた。

しかも、朱里の身に何かあれば蓮がどうなるか、ひいては会社存続の危機に陥《おちい》るのではないか、と心配した役員たちから説得という名の強い懇願《こんがん》まで受けてしまった。

結果、在宅でテレビ電話を使って部下に指示を出すことで、何とか仕事を続けてきた。

また、プライベートでも、休日の外出だけでなく、家事についても制限されることが多くなった。

心配してくれるのはありがたい。でも、これ以上制限されることが増えれば、不便なことこの上ない。

そんな危機感を持った朱里は、先日、担当医に相談し、ストレスや運動不足はよくないと蓮に忠告してもらったばかりだった。

少しずつ夫の意識改革をする必要がありそうだ。朱里はそんな思いを胸に抱きつつ、手に持つ本を真剣に読んでいる蓮に向き直った。

「あの、お昼は何を食べますか？」

集中しているところを邪魔して大丈夫だろうか。心配しながら、おずおずと問いかける。

すると、蓮はそれまで食い入るように見ていた本をぱたりと閉じて立ち上がった。

「お前こそ、何が食べたい？」

「いえ、自分でやりま……」

「食べたい物はないかと聞いている」

何もすごまなくてもいいじゃない。心の中でそう訴えると、ここで折れては何も改善しないと考え、朱里もまた立ち上がった。

「少しは動かないと身体に毒だって、先生も言ってたじゃないですか。ただ、手伝っていただけるとありがたいんですけど」

「……わかった」

上目遣いで甘えるように協力を願い出ると、蓮はしぶしぶといった様子ながらも了承を示す。

彼の眉間に寄っていた皺《しわ》が薄れたことにほっとしつつ、気が変わらない内にとばかりに、朱里はキッチンへ向かって歩き出した。

「それで、この子の名前は決まりましたか？」

野菜たっぷりの煮込みうどんを作り終え、リビングに戻ってきた朱里はにこやかに問いかける。途端に、蓮の眉間に再び深い皺が寄った。

そう、彼がここ最近熱心に読みふけっているのは、赤子の名づけ本だった。

「生まれるまで、子供の性別は聞かないでおこう」

何を思ってか。ある日突然そんな提案をしてきた蓮は、字画や響きを考えながら、男性名と女性名をそれぞれ考えているようだった。

表情を見る限り、まだ候補も絞れていないらしい。そう察しつつも、朱里は助言をしようとはせず、蓮もまたそれを求めたりはしなかった。

苦悩するのは、それだけ真剣に生まれてくる子のことを考えてくれているから。蓮には悪いが、彼の悩む姿を見られるのも今だけの特権だと、朱里は幸せに目を細める。

柔らかな視線がくすぐったかったのか。それともなかなか結果が出せないことを恥じているのか。蓮はふいっと顔を背けて口を開いた。

「まだだ。それより、何か他に用はないのか？」

せっかくの休日なのだから、自分を好きに使えという。蓮の気遣いを嬉しく思いつつ、朱里はこれを好機をとらえ、思い切って自分の望みを口にしてみた。

「それなら、買い物に連れて行ってもらいたいです」

意を決した一言を放った直後、蓮の周囲に漂う空気が一気に冷たくなったのを感じる。その理由が手に取るようにわかり、朱里は苦笑した。

おそらく、危機感がないと叱りつけたいのだろう。まだ風邪が流行《はや》っている時期だし、人ごみに身を置けば転倒するリスクもある。現に、以前所用で共に外出した際に転びかけ、蓮の整った顔を般若《はんにゃ》のように歪《ゆが》めた経験があった。

だが、懸念を並べ立てたら身動き一つできなくなると、朱里は蓮の眉間を人差し指で軽く突《つつ》いた。

「そろそろお礼の品を買いにいかないと、皆さんにいつまで経ってもお返しできません。それに収納棚も増やさないと、部屋も片付きませんし……」

言いながら、朱里はちらりとある方向に視線を向ける。すると、その視線を追った蓮もまたわずかに納得したような表情を見せた。

朱里の視線の先には、ずいぶんと前に子供部屋にしようと決めた空き部屋がある。日当たりがよく、広々とした部屋なのだが、今は見る影もない。ぎっしりと荷物が積まれて中に何があるのか、朱里も蓮も全てを把握できてはいなかった。

それらは全て、生まれてくる子供のために用意された物。だがそれは蓮や朱里が買った物ではなく、摩耶や赤坂を始めとする親類や友人、それから会社の社員や加賀ホームの社員たちからとさまざまだ。

赤ん坊用の服やおもちゃだけでなく、中にはいつ使えるようになるんだと問いたいような英会話教材もある。

赤坂や摩耶は蓮のことを「親馬鹿」と揶揄《やゆ》するが、二人を含めた周囲の方がより一層わが子を甘やかしそうだと、お腹を抱えて笑ったのは記憶に新しい。

朱里はそんな皆の気持ちに心底感謝し、少しでもお礼をしたいと常々考えていた。

「洋子さんからもまたおいしい果物をたくさん送っていただきましたし、ご挨拶に行きたいんです」

特に桜が好きな彼女に、この時期に多く出ている桜をモチーフにした生活雑貨を贈りたい。そう告げると、蓮は悩んでいる様子で顎《あご》に手を当てた。

妊娠を告げてからというもの、これまで洋子にはいろいろと相談に乗ってもらっていた。幼い頃から実母との関わりが薄かった朱里にとって、本音を零し、時に甘えさせてくれる彼女の存在がどれほど大きな支えになっているか。

それを知るからこそ、蓮も譲歩する気持ちが出てきたのだろう。

あと一押し。そんな確信をもって、朱里は一番の望みを口にした。

「それに、加賀社長にお線香をあげることが、一番の安産祈願になると思うんですよね」

朱里は再び同意を求めるように、お腹を大きく一撫でして微笑む。

最近は墓前にも仏壇にも手を合わせることができていない。でも、きっと加賀社長は
誰よりも、子供の誕生を祝福してくれるはず。だからきちんと報告したい。

無欲な願いを聞いた蓮は諦めたように溜め息を零し、しぶしぶ了承した。

「わかった。だが、無理はするなよ。外に出たら、絶対に俺の傍から離れるな」

「わかってます」

彼なら、きっとわかってくれるはず。そう信じていた朱里は、満面の笑みを浮かべて
蓮の隣に移動し、甘えるように彼の肩に頭を預ける。

すると、蓮はすぐさま片手を朱里の腰に回して支えると、もう片方の手をそっと膨ら
んだお腹に当てて優しく撫でた。

「この子が生まれるまでに、荷物の整理を終わらせないといけませんね」

大きな手の上に自分のそれを重ね、朱里は苦笑まじりにつぶやく。

するると蓮もまた、子供部屋の光景を脳裏に思い浮かべたのだろうか。表情を険しくしてうなずき返した。

「荷物は俺が移動させるから、指示だけ出してくれ」

「お願いします」

いつだって、頼りにしている。今でも十分なほど、甘えさせてもらっている。

そんな感謝を告げるように、朱里は小さく頭を下げる。出かけたいと言いながら、心地よいぬくもりを手放しがたく、朱里はくすくすと笑いながら話を続けた。

「それにしても皆さん、気が早いですよね。英会話教材の次は、ランドセルを送ってくるんじゃないかな」

「ランドセルどころか、大学入試用の問題集を買ってくるかもしれないぞ」

冗談めかす蓮の言葉に、朱里は耐え切れずにぷっと噴き出す。するとお腹を蹴る感覚が伝わってきて、蓮は破顔しながらぽんぽんと手の平を軽く弾ませた。

わが子と声にならない会話をする夫の姿に、朱里は幸福に包まれたように目を瞑《つむ》る。

そして数秒後、ゆっくりと瞼《まぶた》を開くと、壁に飾られた図面に目を向けた。

「あの約束、覚えていますか？」

問いかけると、蓮もまた図面に目を向け、朱里の腰に回した手にぐっと力を込めた。

「忘れるわけないだろう」

ぶっきらぼうな物言いながらも、言葉に込められた決意は全く揺るぎがない。それが嬉しくて、朱里は蓮の肩口に頬を摺り寄せた。

「実はもう一つ、お願いがあるんです」

「なんだ？」

朱里から何かを強請《ねだ》ることが少ないせいか、蓮は何でも言ってみろと言わんばかりに言い返す。

対して、朱里は母親の顔で願いを口にした。

「私たちの子供の家は、あなたが描いてください」

自分を想ってくれた加賀のように、自分たちの子供を想って蓮に設計してもらいたい。

加賀から贈られた最後で最高の贈り物を目にする度、朱里はずっとそんな願いを胸に抱き続けてきた。

ずっと先の未来、子供がどんな道を選ぶのかなんてわかるはずもないし、蓮が設計した家を実際に建てる保証もない。

それでも、願わずにはいられなかった。

子供が生まれても、共に仕事に邁進《まいしん》していくことは変わらないだろう。いや、今よりもっと上を目指していく限り、さらに忙しさは増していくに違いない。

決して自分の親のようにはならない。そう強く思ってはいても、仕事を続けていく限り、寂しい思いをさせないとは言い切れなかった。

だからこそ、わが子が確かに望まれて愛されて生まれてきたのだと実感できるものを、見える形で残したいと思ったのだ。

皆まで言わずとも、全てを察してくれたのだろう。蓮は朱里の頬に手を当てて自分の方に顔を向けさせると、真っ直ぐに瞳を見つめる。そして朱里が愛する、凛とした声で返した。

「ああ、約束する」

力強く宣言し、朱里の唇に自分のそれをそっと押し当てる。

一度触れてすぐに離れたそれは、何度も角度を変えて降り注ぐ。そして薄く開いた唇から差し出された舌が、朱里の唇の輪郭をなぞるように滑っていく。

背筋を這い上がるぞくぞくっとした感覚に朱里が甘い吐息を漏らすと、わずかに開いた唇の隙間から舌が侵入し、口内を激しく這い回る。

乱暴なほどに強引な口づけが終わりを告げると同時に、朱里は脱力したように蓮の肩口にしなだれかかった。

「もう、赤ちゃんがびっくりしちゃいますよ」

唇を尖《とが》らせ、上目遣いに抗議をする。だが頬を上気させて瞳を潤ませた状態では、迫力などあるはずもない。

蓮はくつくつと喉を鳴らして、愉快そうに返した。

「大丈夫だ。この子は空気が読める賢い子だからな」

親馬鹿も甚《はなは》だしい発言に、朱里は一瞬呆気にとられた表情を見せた後、ぷっと噴き出した。

「まぁ、そういうことにしておきましょう」

おどけたように言い放ち、朱里はそのまま蓮の首に腕を回す。それを合図として再び端整《たんせい》な顔が近づいてくる気配に、微笑みながらゆっくりと瞼《まぶた》を閉じた。

漫画 *Moneko Shibuya*
渋谷百音子
原作 *Aoi Kaduki*
嘉月 葵

尊敬する加賀社長を亡くし、
気落ちしていた高城朱里《たかしろしゅり》の前に現れたのは、
大企業の若き社長・相良蓮《さがられん》。
あれよあれよという間に、蓮の会社に転職させられ、おまけに彼が住む超豪華マンションで同棲(?)することに。強引な蓮に、
初めは反発していた朱里だけど……?

B6判　定価：640円＋税　ISBN 978-4-434-20384-8

眼鏡を外すのは欲情のサイン!?
敏腕弁護士はお熱いのがお好き
Comic By Moneko Shibuya
Original Work By Aoi Kaduki
漫画 渋谷百音子 原作 嘉月葵
大好評連載中!
(毎月第4木曜日更新)
あの人気作品が待望のコミカライズ!!
美味しいですね
隠れ肉食系のカレと引っ込み思案なカノジョの
言っちゃった
美羽さんの言葉嬉しかったですよ
溺愛ラブ!
ETERNITY WEBMANGA
エタニティWEB漫画!
他にも人気漫画が多数連載中!!
無料で読み放題!
今すぐアクセス!
エタニティ Web漫画
検索

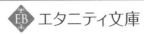

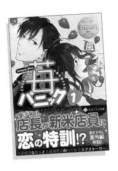

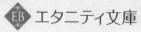

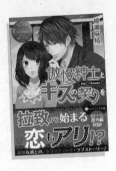

本書は、2013 年 5 月当社より単行本として刊行されたものに書き下ろしを加えて文庫化したものです。

エタニティ文庫

敏腕社長《びんわんしゃちょう》はベタがお好《す》き

嘉月《かづき》 葵《あおい》

2015年 5月 15日初版発行

文庫編集－橋本奈美子・羽藤瞳
編集長－塙綾子
発行者－梶本雄介
発行所－株式会社アルファポリス
〒150-6005 東京都渋谷区恵比寿4-20-3 恵比寿ｶﾞｰﾃﾞﾝﾌﾟﾚｲｽﾀﾜｰ5階
TEL 03-6277-1601（営業） 03-6277-1602（編集）
URL http://www.alphapolis.co.jp/
発売元－株式会社星雲社
〒112-0012東京都文京区大塚3-21-10
TEL 03-3947-1021
装丁イラスト－園見亜季
装丁デザイン－ansyyqdesign
印刷－株式会社暁印刷

価格はカバーに表示されてあります。
落丁乱丁の場合はアルファポリスまでご連絡ください。
送料は小社負担でお取り替えします。

ISBN978-4-434-20533-0 C0193